W0325094

Suzanne de Arriba

Don à Boîte à livres

Les Vestiges du temps

VISIBILIS

Illustration de couverture : cl. Corinne Poirieux

© VISIBILIS - E.L.A.H., Lyon, 2000
2, quai Claude-Bernard 69007 Lyon
Tél : 04 78 72 49 00

E.mail : editions.lyonnaises@wanadoo.fr
Site internet :
http://perso.wanadoo.fr/editions.lyonnaises

ISBN : 2 9131 96 12 8

GC R
ARR

Suzanne de Arriba

Les
Vestiges du temps

Médiathèque Municipale
GRANVILLE
PILON

VISIBILIS

Prologue

Songeur, François Fanet se pencha sur un buisson de roses. Il aimait flâner un moment dans le parc, avant de commencer sa longue journée de travail à la Maison de Santé. Dans la verdure, et dominant le lac Léman, la superbe construction de style baroque, accueillant une centaine de malades mentaux, ressemblait davantage à un hôtel de villégiature qu'à une clinique privée.

En remontant les allées sinueuses, François Fanet réfléchissait volontiers à l'un ou l'autre de ces malheureux à qui, par vocation, il avait consacré son existence.

L'été s'avançait et les roses fleurissaient de plus belle. Au bord de la pelouse centrale, s'élançaient quelques herbes folles, oubliées par les jardiniers ; il les arrachait alors au passage, machinalement, sans interrompre ses cogitations.

Ce matin-là, précisément, le docteur Fanet avait l'esprit tout occupé de sa malade de prédilection, Jane Marton, pour laquelle son intérêt médical, sa curiosité envers le «cas» qu'elle représentait, s'étaient doublés au fil des ans d'une amitié sincère et affectueuse.

Cela ferait bientôt une décade, calcula-t-il, que cette femme extraordinaire était pensionnaire à la Maison de Santé. Ses parents, des Français aisés, formant un couple grognon et sans âge, la visitaient presque chaque dimanche. Ils étaient persuadés qu'un jour ils l'emmèneraient guérie. Ces Marton, qui adoraient leur fille et qui semblaient de braves gens, inspiraient cependant au docteur Fanet une violente antipathie, dont il n'aurait su expliquer les raisons.

Jane ! Tous les traitements avaient été inutiles ! Rien n'avait pu la tirer de sa névrose. En fait, cette femme refusait la guérison : il était évident, même, qu'elle attendait la mort, non pas comme une délivrance, mais *comme un aboutissement.*

Et c'était sans doute pourquoi, contrairement à d'autres malades mentaux, elle n'avait jamais tenté de se l'infliger. Elle n'était pas violente, elle ne représentait pas un danger pour elle-même et encore moins pour les autres, et grâce à François, elle jouissait d'un traitement de faveur, elle aurait pu sortir, se promener en ville si elle l'avait souhaité.

Mais Jane ne bougeait jamais de sa chambre.

Depuis des mois, sans cause apparente, elle s'affaiblissait. C'était comme si son esprit, son esprit inguérissable, insaisissable mais si impérieux, dévorait son corps délicat.

Le plus souvent, elle restait muette, amorphe, assise devant la fenêtre de sa chambre, cette fenêtre au premier étage, dont le docteur Fanet, conscient pourtant de ses responsabilités, avait fait enlever les barreaux, ce que désapprouvaient certains de ses confrères.

Regardant fixement le ciel, Jane chantonnait alors un curieux petit air. Parfois aussi, elle présentait des moments de lucidité totale et acceptait de converser longuement avec le praticien.

Ils parlaient du beau temps, de la pluie. Des fleurs, des arbres du parc, où une garde, deux fois par jour, la conduisait sans qu'elle y prît plaisir, puisqu'elle ne voulait pas sortir seule.

D'elle, Jane ne parlait jamais.

Elle n'appréciait pas beaucoup les visites de ses parents, le docteur Fanet l'avait deviné, parce que le dimanche, fatalement, elle se refermait, retombant dans sa prostration.

Et il résolut de prendre l'initiative d'espacer les visites, au risque de désespérer ce couple de vieillards tant attachés à leur fille unique.

- I -

Quand il interrogeait Jane Marton sur ses heures passées en rêveries, pendant lesquelles elle restait immobile, figée sur sa chaise, elle lui répondait qu'elle regardait la mer.

Il fallait comprendre : il ne s'agissait pas du lac, qu'on ne voyait pas de sa chambre, mais du ciel. Avec sa frange nuageuse que le vent agitait, il semblait certains jours tout crépitant d'écume blanche, et d'autres, lisse comme une surface liquide et huileuse.

Lorsqu'il était gris, avec des houles de cumulus, des fureurs de tempête, elle s'en détournait, assurant que pour elle, la mer était toujours bleue.

Entre deux crises d'apathie, il lui arrivait de s'installer devant la table placée près de son lit, et jusqu'à l'heure du coucher, elle couvrait de mots serrés les pages d'un gros cahier.

Le docteur Fanet lui avait demandé la permission de le feuilleter : elle avait refusé. Bien sûr, il aurait pu passer outre, et sans qu'elle s'en aperçut, prendre le soir ces feuillets qui l'intriguaient et les remettre en place le matin avant le réveil de Jane.

Cependant il préférait attendre que sa patiente, sans réticence, lui propose la lecture de ses écrits mystérieux, qui pouvaient peut-être les aider tous deux, d'une façon ou d'une autre, lui à cerner son cas, elle à guérir.

Sa blouse passée, le docteur Fanet se dirigea vers la chambre de Jane Marton. Elle était encore revêtue de son confortable peignoir. Si personne ne l'y incitait, elle ne s'habillait jamais.

La femme de service s'était éloignée avec le plateau du petit déjeuner, auquel Jane avait à peine touché.

— Jane, bonjour ! Comment allez-vous, mon amie ?

Il s'exprimait avec l'accent vaudois, si sympathique. Elle sourit, posant sur lui le regard de ses yeux sombres, hier sans doute admirables, mais aujourd'hui comme éteints.

Elle avait à peine dépassé la cinquantaine, il le savait, mais ses cheveux avaient déjà blanchi, son visage s'était émacié, et son corps, où la chair pesait si peu, semblait éthéré.

— Bonjour, docteur !

Cavalièrement, il s'assit sur le rebord de la fenêtre. De cet endroit on pouvait admirer tout un pan du parc, et les roses, juste sous la chambre de Jane, moutonnaient en massifs, exprimant leur parfum étourdissant.

— Aimez-vous les roses, Jane ? demanda François, non seulement pour amorcer une conversation, mais parce que tout à coup il était curieux de connaître la fleur préférée de Jane.

Elle inclina la tête.

— Oui, docteur. Mais je préfère les narcisses.

— Y-a-t-il une raison à cela, Jane ?

— Docteur Fanet ! gronda-t-elle gentiment, vous n'avez donc pas renoncé à vos investigations dans mon psychisme... Eh bien, je crois que je vais enfin vous donner satisfaction !

— Que voulez-vous dire, Jane ?

— J'ai quelque chose pour vous.

Elle se leva, ouvrit le tiroir de la petite table en merisier, et elle en sortit les pages qu'elle avait couvertes de son écriture petite et serrée, une écriture nette et agréable, celle d'une personne équilibrée.

A présent elles formaient un véritable manuscrit.

— Tenez, docteur ! C'est pour vous, répéta Jane.

Et comme il feuilletait, très ému, ces pages qui détenaient peut-être la clé de la guérison de Jane, elle protesta :

— Non, ne lisez rien maintenant ! Plus tard, chez vous !

A regret, cachant son impatience, il posa le manuscrit sur la table.

— Très bien, je l'emporterai !

Elle vint s'asseoir près de lui, contre l'appui de la fenêtre.

— Docteur, je sais combien vous aimeriez me voir guérie. *Guérie ?* Mais je ne suis pas malade. Enfin, pas au sens où ici, on l'entend !

Il la regarda, troublé. Jamais elle ne s'était exprimée avec autant de calme.

— Mais je le sais, Jane. Il ne tient qu'à vous, et je le pense réellement, pour que vous quittiez enfin cette maison de santé, avec un traitement médical léger. Si vous m'aidiez... Tenez, à Noël, je vous inviterai à réveillonner ! Et l'été prochain...

— L'été prochain ! Docteur, je n'en ai plus pour très longtemps à présent.

La légèreté du ton, presque joyeux, le trompa.

— Vraiment, Jane ? J'en serais si heureux, mon amie !

— Vous ne m'avez pas comprise, corrigea-t-elle vivement. Je n'en ai plus pour très longtemps à attendre, à survivre sur cette terre.

— Jane ! protesta François, peiné.

Elle n'avait pas opéré de transfert sur son médecin, et c'était le contraire qui s'était produit. Il s'était attaché à elle, au fil des années. Profondément. Il avait été marié, avait divorcé. Il n'avait pas d'enfant. Il espérait qu'un jour, cette femme irait mieux, et le considérerait comme un homme.

— L'enveloppe s'use très vite, murmura Jane et c'est bien ainsi. Docteur Fanet, vous vous adressez souvent des reproches, n'est-ce-pas, vous accusant d'être incapable de traiter un cas apparemment aussi simple que le mien ! C'est pourquoi j'ai tenu, avant la fin, à écrire pour vous mon histoire.

Dérouté par sa perspicacité, François hocha lentement la tête : si souvent, il s'était adressé des reproches et plusieurs fois il avait failli renoncer à la suivre. Mais la confier en d'autres mains lui était impossible, également. Il était le seul à qui elle faisait confiance.

Le manuscrit lui brûlait les doigts. Bientôt, il saurait *qui* ou *quoi,* avait poussé Jane Marton à renoncer, depuis vingt ans, à toutes joies humaines, même les plus communes. Il la regarda. Un papillon venu du massif de roses effleurait sa tête pâle.

— Dès ce soir, Jane, je lirai tout ! Et ensuite nous discuterons !

Le sourire de la femme devint très doux ; il magnifiait curieusement sa physionomie habituellement terne, inexpressive.

— Il se peut qu'après cette lecture, vous me jugiez carrément folle, docteur Fanet !

— Non, Jane. Je suis sûr du contraire. Lorsque j'aurai terminé, insista François, aurons-nous une vraie conversation ?

Elle ne répondit pas. Elle souriait toujours. Il insista encore. Elle éluda.

— Docteur, je désirais que ces lignes ne soient lues que par vous seul !

— Mais oui, je vous le promets.

— Oh ! J ‘ai confiance en vous, en vous uniquement. Mais si ce qui est inscrit dans le manuscrit peut aider d’autres personnes, vous pourrez en disposer, je viens de le décider. Mais sans citer mon nom.

— Ce sera comme vous voudrez, Jane, promit-il.

Il s’éloigna, mais avant de refermer la porte, il se retourna.

Jane Marton était assise devant la fenêtre, elle avait repris son habituelle posture et contemplait le ciel si bleu.

Le ciel qu’elle appelait la mer.

- II -

Elle écrivait : «*Vingt ans, presque, docteur Fanet, que je suis votre patiente ! Les spécialistes de toutes sortes - et vous aussi, non, non, ne niez pas ! - êtes persuadés que je mène les trois quarts du temps une vie quasi végétative.*

Il est vrai que lorsque «je pars», on doit prendre soin de moi comme on le ferait pour un petit enfant, j'en ai conscience - après. Ce que vous devez savoir, c'est que mon esprit vit intensément, en ces moments-là, mais comme il est loin ! A des hauteurs que bien peu sur cette terre pourraient atteindre. Il y a vingt ans c'était tout le contraire. Mon corps se mouvait, et mon esprit, lui, menait une existence des plus étriquées...

Le père adoptif de Jane était industriel, à l'époque. Ils habitaient une maison bourgeoise léguée par le grand-père de son père, une maison cossue et vaste, dont ils n'utilisaient que quatre pièces - de peur d'entretenir les autres ! Derrière, s'étalait un immense jardin et pas mal de terres, dont la plupart avaient été louées. Les parents adoptifs de Jane étaient aisés mais ils vivaient petitement. Une partie du parc était restée en pré, pour ne pas avoir à payer un jardinier. Quant au reste, ils y circulaient rarement, toujours par crainte d'abîmer - cette fois, non pas des meubles et des parquets, mais les fleurs, les massifs, les arbustes décoratifs.

Jane était donc une enfant adoptée, et ces gens qui étaient devenus ses parents l'aimaient d'un amour étouffant. Ils l'avaient recueillie à dix ans. C'était alors une petite créature au caractère renfermé, laide et souffreteuse. Elle n'avait d'intéressant que ses yeux sombres et veloutés, qui laissaient supposer qu'en ses veines coulait sans doute un peu de sang latin.

Alors que tant de foyers restés stériles souhaitaient adopter un bébé et s'escrimaient des années parfois en vain, nul n'avait voulu de Jane ! Mais ces gens l'avaient choisie alors que plusieurs adorables bébés leur avaient été proposés par une filière à l'étranger. Sa mère, puisqu'il lui avait bien fallu appeler ainsi cette dame Marton, le lui avait répété tant de fois par la suite !

Davantage que son époux, cette femme en mal d'enfant se révéla tyrannique à l'égard de Jane, éloignant d'elle ses petits camarades sous prétexte que leurs sarcasmes, absolument inévitables au sujet de ses origines, pourraient la blesser. Et plus tard, elle agit de même avec les jeunes gens qui malgré l'aspect effacé de Jane semblaient s'intéresser à elle... et à l'argent de sa dot, soulignaient les Marton, si bien que la jeune fille avait perdu totalement confiance en elle. Et à trente-deux ans, elle végétait entre ses parents adoptifs, passant la semaine dans le bureau de son père, qui l'avait engagée en qualité de secrétaire.

La situation certes me pesait. Pourquoi ne pas me révolter, docteur Fanet, m'éloigner de ce couple abusif qui avait réussi à éteindre en moi toute étincelle d'enthousiasme et même le désir de vivre normalement, d'aimer, de me marier, d'avoir des enfants.

Eh bien, d'abord parce qu'elle ressentait pour eux un sentiment très fort de gratitude. Ils l'avaient choisie, ils lui avaient donné leur nom et un jour elle hériterait de leur fortune. Ce sentiment qui partait d'un bon fond, ne l'empêchait pas de les juger. Ils étaient à ses yeux des bourgeois de la pire espèce, pingres et timorés, bourrés d'agaçantes manies. Bien sûr, Jane culpabilisait à cause de ces pensées.

Il y avait aussi quelque chose de puissant qui la retenait à leurs côtés à un âge où l'on vole depuis longtemps de ses propres ailes. Quelque chose qui n'avait rien à voir avec la reconnaissance. Son destin, elle le pressentait confusément, *était d'attendre.*

Alors ici ou là...

Un soir en passant devant une agence de voyages, Jane tomba en arrêt devant une affiche. Celle-ci représentait des ruines romaines mises à jour en Espagne, sur le site d'Ampurias Brava.

Jane restait plantée sur le trottoir, fixant avec avidité l'image en couleurs. Elle était assaillie par le désir brutal, inattendu, de s'évader, de voler vers ce lieu où la mer rencontrait la terre sans fracas, où le ciel indigo se déployait sur ce qui avait été autrefois une cité en plein essor, bâtie dans un site enchanteur.

Les jours suivants, en partant travailler et en rentrant à pied à la maison, Jane faisait un détour et elle s'arrêtait devant la vitrine de l'agence. Elle demeurait immobile, contemplant sans se lasser la fameuse affiche et elle aurait voulu pouvoir y pénétrer, s'y fondre !

Et Jane s'absorbait dans sa contemplation, insensible au froid de l'hiver, aux passants qui la bousculaient, aux employés de l'agence, qui, derrière leur comptoir à vendre du rêve, surpris et un peu railleurs, observaient son manège, jour après jour, matin et soir.

La période des fêtes était arrivée et comme chaque année il lui fallut subir la corvée des magasins, entre ses parents discutant de cadeaux dont ils la comblaient toujours à cette époque, eux, avares pourtant au point d'économiser le sucre et le sel !

Elle s'arrangea pour les entraîner vers une certaine rue, et leur montra la vitrine illuminée :

— Regarde cette affiche, père !

— Eh bien quoi ? Qu'a-t-elle de particulier ?

Il ne comprenait pas, et sa femme non plus. Jane les considéra. Lui, tassé dans son pardessus indémodable, elle empaquetée dans une fourrure, véritable, mais dont l'achat remontait bien à trente ans, ils avaient le visage sans rides et terne, et mou, le visage de ceux qui ont vécu sans passion et vieilli sans avoir jamais été jeunes.

Jane désigna de nouveau l'affiche :

— Je voudrais faire un voyage, père ! Et je rêve de découvrir cet endroit, Ampurias Brava et sa cité romaine, au bord de la mer. Ce n'est pas si loin de la France.

Il neigeait. Ses parents, stupéfaits et perplexes, la regardaient comme si elle leur avait demandé de l'accompagner sur la lune. Ils se concertèrent du regard. Jane les avait oubliés. Comme en extase, elle se repaissait du décor de l'affiche, elle admirait les colonnes blanches des temples où s'enroulait un lierre vivace. Les détails minuscules grossissaient soudain comme sous une loupe, le ciel devenait plus bleu, et elle entendait chanter la mer.

- III -

L'année suivante, au début du mois de septembre, docteur Fanet, nous nous trouvions tous les trois à Ampurias Brava !

J'avais obtenu mon cadeau de Noël huit mois après la fête, mais c'était aussi bien, les choses longtemps désirées n'en étant que plus appréciées...

Ses parents, en fin de compte, n'avaient pas fait appel aux services de l'agence, d'ailleurs prendre l'avion les effrayait. Ils avaient organisé eux-mêmes leur séjour. Pour une fois Jane était complètement d'accord avec eux et tant pis si certains détails la rebutaient. Par exemple, pour économiser leur voiture, ils avaient voyagé par le train. Grâce à l'Office du Tourisme, ils avaient obtenu une liste des hôtels dans la bourgade proche, mais ses parents avaient choisi une très modeste *fonda*, une pension de famille désuète et remplie d'odeurs de cuisine.

Le village était tout proche de la cité et de ses ruines désormais protégées. Ses bagages à peine défaits, Jane manifesta le désir de visiter Ampurias Brava sans plus tarder. Ses parents consentirent, amusés par ce qu'ils appelaient : «le subit engouement de Jane pour les vieilles pierres !»

A l'heure où les autochtones sacrifiaient sagement au rite de la sieste, ils marchèrent jusqu'au site sous un soleil de plomb. Jane trouvait ses parents étonnamment compréhensifs et dociles, et elle avait l'impression qu'une main invisible les dirigeait sans qu'ils s'en doutent. *Dans quel but ? Je l'ignorais encore, docteur Fanet ! Je le compris plus tard.*

En longeant la plage, aux abords de celle-ci, ils découvrirent une adorable auberge, entourée de pins odorants. Son toit ne comportait pas de terrasse, contrairement à beaucoup de ces habitations méditerranéennes que Jane découvrait. Il était légèrement incliné et incrusté d'une carapace de tuiles, d'un rose tendre fondant entre le vert puissant des pins et le bleu éclatant du ciel.

Qu'elle lui plaisait, la petite auberge ! Qu'il aurait fait bon s'y installer et y demeurer, déménageant de leur maussade pension ! Naturellement Jane garda pour elle ses réflexions. C'était déjà bien beau que ses parents aient consenti à ce voyage !

La saison était avancée, mais les touristes pullulaient encore, des étrangers, surtout, des Allemands, des Anglais, des Hollandais et même des Japonais. Et dans le parking devant la cité romaine, se pressaient des voitures et des cars de tourisme. Aux guichets se formaient d'interminables files. Un jeune homme en uniforme distribuait les billets, avec nonchalance. Le soleil tapait, le père de Jane suait sous le mouchoir qu'il avait noué sur son crâne, sa mère transpirait dans sa robe de Nylon démodée, et agitait un éventail de pacotille qu'elle avait acheté à la frontière, à l'occasion d'un arrêt prolongé du train. Elle ronchonnait. La chaleur et elle, étaient définitivement brouillées. Si elle attrapait une insolation à cause de ces maudites ruines, ce serait de la faute de Jane, et patati et patata... mais Jane n'écoutait plus ces jérémiades. Leurs billets dûment poinçonnés, ils avaient franchi enfin le seuil d'Ampurias Brava !

Elle marchait enfin dans *sa* cité. Ah ! C'était plus beau encore que sur l'affiche ! Les colonnes se révélaient d'une étincelante blancheur. Quelques statues et bas-reliefs découverts récemment gardaient encore la couleur de la terre qui les avait cachés en son sein. Un guide, pour une poignée de pesetas, leur offrit ses services. Ils refusèrent, les Marton par ladrerie, Jane par souci de préserver sa solitude. Elle comptait bien s'éloigner de son père et de sa mère, et arriver à leur fausser compagnie. Par quoi, par où commencer ? Tout l'attirait : les statues mutilées et grandies à la fois par le temps, et le défiant, les portiques reconstitués avec patience et amour par les archéologues, les imposants débris des temples, les vastes enceintes des anciennes maisons, enfin, tout ce qui est nécessaire à la vie du corps et à la spiritualité.

Ici, me disais-je émue, des hommes et des femmes ont vécu, ils ont aimé, ils ont souffert.

A leurs pieds dansait cette mer que Jane entendait chuchoter. Sur eux s'étalait ce même ciel bleu, et la végétation qui enveloppait la cité, la pénétrant parfois - vignes

Médiathèque Municipale GRANVILLE

eucalyptus, lauriers, cyprès, tamaris, buis et pins - était semblable à celle d'aujourd'hui.

Ils avaient vécu... et passé !

Le père de Jane se résigna à introduire une piécette dans un de ces appareils qui parlent en toutes les langues et ils apprirent que cette partie de la côte espagnole avait été occupée par les Grecs d'abord, ensuite les Carthaginois, enfin les Romains qui y fondèrent plusieurs colonies, quelque vingt-trois siècles plus tôt.

D'autres détails suivirent, qui eurent pour effet d'arracher à ses parents des bâillements d'ennui. Quant à Jane, elle n'écoutait plus. La raison ? Un couple s'insinuait entre les colonnades, un couple qui, à peine entrevu, avait retenu son attention.

Docteur Fanet, je n'aurais su donner un âge précis à la femme. Elle m'avait déplu d'emblée avec ses cheveux teints d'une nuance agressive, presque rouge, et sa tenue provocante, qui dévoilait avec impudeur des appâts très mûrs. Elle était accrochée au bras de son compagnon aussi solidement que le lierre aux tronçons des colonnes proches. L'homme, bien plus jeune, avait le profil pur des statues qui nous entouraient ; de courtes boucles de pâtre moutonnaient sur sa tête brune, me donnant irrésistiblement l'envie d'y passer la main.

Il était vêtu d'un costume blanc qui faisait ressortir la matité de son teint. Jane les observait avec une insistance bien déplacée. Elle était mécontente de sa tenue modeste digne d'une vieille fille : jupe plissée, chemisier sobre marqué déjà aux aisselles par la sueur. Elle aurait aimé changer sa coiffure trop sévère !

Plus elle regardait le jeune homme au costume clair, plus son trouble grandissait.

J'avais le sentiment de le connaître, de l'avoir rencontré déjà...

— Qui regardes-tu ainsi ? grommela sa mère. Si tu te voyais ! Tu sembles en extase !

Et elle suivit la direction de son regard.

— Ah oui... Ce bellâtre, avec sa grue ! Drôle de couple.

Le jeune homme et sa compagne, des étrangers sans aucun doute, armés d'une caméra, imitaient les autres touristes, filmant avec acharnement ce décor d'une époque révolue.

Les Marton, fatigués, peinaient derrière Jane. Et elle avançait, progressant au cœur de l'antique cité, en ressentant, exactement comme pour l'homme vêtu de blanc, une impression de «déjà-vu» !

Docteur Fanet, je crois que bien des gens - vous aussi, peut-être, pourquoi pas - éprouvent un jour ou l'autre cette sensation un peu déroutante. Vous pénétrez dans des lieux, où, vous en êtes certain, vous n'avez jamais mis les pieds, et ils vous sont aussitôt familiers, comme si vous aviez déjà foulé ce sol où vos pas résonnent, respiré l'odeur végétale de ce bosquet-là qui buissonne devant vous, admiré cet arbre-ci, tout en fleurs, et ce puits aujourd'hui vide sur lequel vous vous penchez, comme commandé par une lointaine habitude !

Comme si vous aviez déjà vu tout ça dans quelque autre vie...

C'était ce qui lui arrivait.

Elle avait eu d'ailleurs un avant-goût de cette sensation, en contemplant l'affiche exposée par l'agence de voyages, mais ici, cette sensation se décuplait ! En proie à une exaltation impossible à décrire, elle se retenait de crier sa joie et elle se tournait sans cesse vers le couple qui évoluait parmi les ruines.

L'homme, alors, la regardait fixement, lui aussi. Avait-il remarqué l'attention qu'elle lui portait ? Ou bien... éprouvait-il - même si cette théorie était folle - le lancinant besoin de lui parler, de la toucher, de *la reconnaître,* lui aussi !

— Je n'en peux plus, dit la mère de Jane, rouge et essoufflée. J'ai les pieds et la tête en feu !

Elle se laissa tomber sur un banc à l'ombre d'un grand pin maritime. Son mari l'imita.

— Tu devrais continuer seule, Jane, puisque cet endroit te passionne et que tu n'es pas gênée par la chaleur. Nous t'attendons ici.

C'étaient exactement les mots qu'elle voulait entendre. Elle s'éclipsa, enchantée, et pas du tout incommodée par la chaleur. Au contraire la brûlure du soleil était sur son visage comme un ardent baiser, *auquel elle avait été habituée.*

Jane avait perdu le couple de vue et s'en désolait. En le cherchant, elle arriva près des ruines d'une vaste demeure. Tout était désert. Son cœur se mit à battre plus vite encore. Vivement elle s'introduisit dans un espace découvert qui avait été autrefois une cour intérieure. *Un atrium.* Mais comment ce nom latin lui était-il venu à l'esprit ? Son instruction avait été sommaire, sa culture était des plus superficielles.

Au détour d'une colonne, Jane heurta l'inconnu qui la fascinait tant.

Il était seul. Elle vit ses yeux, d'un bleu très sombre, des yeux qui exprimaient la même éblouissante certitude que les siens. Le cri lui échappa :

— Enid !

Le jeune homme la regarda intensément, lui donna un sourire où il entrait, oui, comme de la complicité.

— Non, pas Enid ! Michel... (Il s'inclina légèrement). Michel Antérakis.

Jane était devenue toute rouge et le soleil n'y était pour rien. Elle était gênée, confuse, et pourtant elle ne regrettait pas son intervention.

— Excusez-moi. Je ne sais pas pourquoi je vous ai appelé ainsi !

Et elle ajouta, comme pour se justifier :

— Il m'avait semblé... vous reconnaître.

Et Jane se disait : «Ce sont les hommes qui tournent ce genre de phrases, lorsqu'ils cherchent un prétexte pour approcher celle qui leur a plu !»

Son embarras augmentait. Lui, il souriait toujours.

— Ne vous excusez pas. Peut-être m'avez-vous vu sur une affiche ?

Jane pensa un peu naïvement à celle de la vitrine de l'agence de voyages.

— Une affiche ? Mais comment ?

— Je suis harpiste, et on me dit célèbre, expliqua-t-il sans fatuité. J'ai eu souvent l'occasion d'accomplir des tournées en Europe. A présent je me produis surtout en Amérique.

Un peu honteuse et remplie de rancune envers ses parents qui l'avaient éloignée de l'art, considéré par eux comme un passe-temps inutile - et coûteux - ou un amusement de désœuvré, elle avoua :

— Je ne connais rien à la musique, Enid !

Enid ! Encore ! Ses joues cuisaient. Et de plus en plus embarrassée elle s'excusa :

— Vraiment, je ne comprends pas pourquoi je veux absolument vous appeler Enid !

— Un prénom pas banal, remarqua-t-il, et il la caressait du regard. Savez-vous que moi aussi je vous ai affublée d'un prénom qui n'est certainement pas le vôtre : Galla !

Nous avons éclaté de rire. Docteur Fanet, les dernières barrières, celles de la gêne, tombaient. Déjà nous étions prêts aux confidences. Mais la femme aux cheveux rouges à qui l'étranger avait sans doute faussé compagnie comme je l'avais fait avec mes parents, a surgi et a crié fort :

— Michel !

Et sur son beau visage est passée une expression de contrariété violente.

Il a tendu la main vers moi, sans m'effleurer, pourtant, alors que je brûlais d'envie de le toucher, d'être touchée par lui. Il m'a dit :

— Demain ! Je reviendrai demain !

Il la laissa, il s'éloigna dans la pierraille où se haussaient des agaves desséchés autour de la haute fleur rouge qui avait bu leur substance. Jane s'enfonça au cœur de la maison romaine, et se laissant guider par son instinct, elle aboutit dans une chambre qui possédait encore ses quatre murs et sa toiture.

Le sol en était dallé. L'émotion inexplicable qui l'avait assaillie à l'entrée d'Ampurias Brava revenait, plus forte encore. Elle s'approcha de l'un des murs de pierres sèches habilement imbriquées les unes aux autres. Elle y promena ses deux mains. La sueur perlait soudain à son front. Ses oreilles bourdonnaient. Elle étouffait, haletante ; une faiblesse subite fauchait ses jambes.

Elle glissa lentement le long du mur. Affaissée sur elle-même, elle regarda ses paumes éraflées. Quelques secondes... puis sa respiration se ralentit, et se stabilisa. Le malaise s'estompait. Jane avait sommeil. Soupirant d'aise, et se sentant aussi confortablement installée que si elle se trouvait dans son lit, Jane ferma les yeux.

- IV -

Lorsque Jane sortit du sommeil, elle se sentait parfaitement reposée. Elle éprouvait même une sensation de légèreté incomparable. Elle leva la tête. La tenture qui masquait la fenêtre ogivale bougeait, agitée par le vent du matin, et un rameau fleuri de lauriers roses battait sur le rebord de la pierre, pénétrant jusque dans la chambre ; et il perdait ses pétales trop mûrs qui s'égrenaient sur le tapis couvrant les dalles.

Car, docteur Fanet, je me trouvais dans ma chambre, cette chambre dans les ruines où je m'étais endormie, autre temps, autre vie ! J'avais dix ou douze ans de moins et j'étais plus robuste, d'où cette impression de bien-être, de vigueur, où baignait mon corps juvénile. J'habitais la cité romaine alors en plein essor, et je biffais allègrement environ vingt-deux siècles d'histoire !

Je m'appelais Cornélia, j'étais la fille unique de riches patriciens. Je ne me souvenais pas de Jane mais j'étais cependant moi-même, avec le même physique, la même personnalité...

Cornélia se dégagea des coussins amoncelés sur sa couche. Elle s'habilla furtivement, en se gardant bien de frapper dans ses mains pour appeler une esclave ou sa vieille nourrice. Une vague tristesse l'avait envahie. Elle songeait à son père qui l'aimait d'une façon exagérée, maladive. Il reportait sur elle les espoirs qu'il avait nourris pour le fils que les dieux ne lui avaient pas accordé et qu'il avait tellement espéré. Pour la garder plus longtemps sous sa férule il l'avait fiancée à Lucius, le fils aîné de son ami, l'édile Janus, premier magistrat de la cité.

Lucius avait à peine dépassé ses seize ans mais il avait déjà des appétits d'homme. Il aimait le jeu, les filles de joie, et ses fredaines ne se comptaient plus. Légalement majeur à dix-sept ans, il l'épouserait quelques mois après son émancipation, ce qui laissait un long répit à l'adolescente.

Lucius ne lui plaisait guère. Janus, son père, pas davantage. C'était un personnage avide, cruel et orgueilleux qui, près de leur *domus*, leur maison, avait fait édifier une villa digne de servir de résidence à l'empereur lui-même. Solarium, piscine, jardins, mobilier, tout était d'une magnificence exagérée. Ne racontait-on pas que sa salle à manger comportait des lits à six places et que sa vaisselle était d'or !

Avant de s'éclipser Cornélia chercha son image dans le miroir au cadre de bois précieux, cadeau de son père.

Docteur Fanet, je précise que mes parents, ceux d'Ampurias Brava, n'avaient en commun avec les autres, ceux du XXe siècle, que leur despotique amour pour moi. Caïus, mon père, était plus tenace encore que ma mère, lorsqu'il s'agissait de me plier à ses désirs, désirs qui allaient toujours à l'encontre des miens. Ainsi, enfant, j'avais demandé à fréquenter l'école, ouverte aussi bien aux filles qu'aux garçons, mais Caïus m'avait isolée, faisant appel à des précepteurs privés, pas très longtemps d'ailleurs comme s'il avait craint que le savoir n'ouvrît pour moi les portes de l'indépendance morale ! Je le craignais et je craignais aussi ma mère, femme au caractère rigide, attachée aux traditions et soumise à l'époux qu'on lui avait choisi. De plus, elle m'en voulait d'être une fille ; elle n'avait pas réussi à mener à bien ses maternités et souffrait à l'idée que le seul enfant qu'elle ait réussi à mettre au monde était de sexe féminin. Et elle me le faisait payer.

Cornélia réfléchissait à sa vie présente et à l'avenir qui lui restait voilé comme l'horizon un jour de brume, tout en arrangeant nerveusement ses épais cheveux cuivrés. Elle possédait encore la candeur d'une enfant et pourtant un trouble inconnu la saisissait quand elle pensait à *lui.* Et elle se contemplait dans le miroir en se demandant s'il la trouvait belle. Elle aurait voulu être incomparable pour ce jeune homme dont elle rêvait déjà depuis des mois ; et en même temps elle souhaitait être terne afin que Lucius détourne d'elle ses regards lubriques.

Elle était naïve mais elle connaissait la vie pour avoir écouté les servantes et les matrones ; et elle avait bien remarqué que le garçon s'occupait beaucoup d'elle ces derniers temps et que cet intérêt subit n'était dû qu'à la concupiscence.

En soupirant Cornélia lissa les plis de sa longue robe blanche, serrée à la taille et qui laissait ses bras nus ; une bande de tissu ornée de broderies en décorait le bas. Elle jeta sur elle une pièce d'étoffe, la *palla,* retenue à l'épaule par une agrafe d'or, la *fibule.*

Elle quitta la chambre.

Bientôt elle sortit également de la maison. Celle-ci avait été construite sur un monticule piqué de cyprès et de pins. De l'endroit où la jeune fille se tenait, elle apercevait toute la cité, encastrée entre un écrin de vignes et la mer si bleue qui lui léchait les pieds, de lignes harmonieuses avec ses demeures horizontales lumineusement blanches et ses luxuriants îlots de verdure.

Cornélia attendit, debout sous les pins, guettant le moment où s'ouvrirait la porte étroite percée dans l'enceinte de la propriété de Janus. Enfin, apparut un enfant de dix ans environ, accompagné d'un esclave, un jeune homme à la chevelure bouclée, beau comme Apollon dans sa tunique courte.

L'enfant, à la frimousse charmante, était le frère de Lucius et se nommait Marcus.

Cornélia le savait aussi brutal et hypocrite que son aîné. L'esclave était grec. Ayant gagné par ses connaissances et sa conduite irréprochable l'estime du redoutable Janus, il avait été promu *pédagogue* de l'enfant, c'est-à-dire qu'il était attaché particulièrement à son service. Et chaque matin, presque, il l'accompagnait à l'école en plein air qui se tenait sous les portiques du forum de la cité d'Ampurias Brava.

Télémaque, c'était le nom de l'esclave, était un artiste, la nourrice de Cornélia le lui avait appris. Il jouait admirablement de la lyre. Adolescent, des soldats l'avaient capturé dans son île natale puis vendu à Janus.

Cet esclave, Docteur Fanet, dont la vue faisait accélérer les battements du cœur de Cornélia et blêmir son visage, cet esclave pour qui elle -je- prenait le risque d'être aperçue à cet endroit, soupirant après lui comme une fille du commun, était... Michel, Michel Antérakis, connu dans les ruines de la cité ! Et lui aussi était plus jeune de dix ou douze ans...

Cornélia suivit l'esclave et son jeune maître à distance, un peu effrayée par son audace. Elle sortait seule et ce n'était guère prudent, elle pouvait être reconnue, sans compter que le matin la cité grouillait d'une faune disparate : gueux, marchands, matelots côtoyant des patriciens, magistrats et esclaves leur appartenant.

Insensiblement elle se rapprochait du jeune Grec et de l'enfant. Télémaque semblait nerveux : il savait parfaitement qu'elle le suivait ! Quand elle arriva presque derrière eux, il se détourna et la regarda longuement. Et dans ses yeux, au bleu si profond qu'il évoquait les lointains de la mer, la jeune fille put lire de l'effroi mais aussi une joie fulgurante. Puis tout cela se dissipa. Et dans les grands yeux de l'esclave il ne resta qu'une tristesse infinie.

Un peu partout, des chiens trottinaient où se querellaient en aboyant. La foule envahissait le forum. Des esclaves et des matrones marchandaient le poisson fraîchement débarqué. Dans leur boutique, les usuriers guettaient. Aux abords du marché aux fruits, tout près de l'école, des enfants qui mordaient avec appétit dans un gâteau de seigle, couraient entre les fragiles pyramides de citrons et d'oranges ; et leurs pédagogues portant tablette et écritoire s'essoufflaient à les suivre.

Après avoir contourné des jarres d'olives et d'autres de piments, Cornélia s'arrêta. L'esclave grec débarrassa l'enfant Marcus de son ample manteau de lin blanc et lui tendit son bagage d'écolier ; et sous la tenture masquant sommairement cette salle de classe ouverte à tous les vents, où le *magister,* juché sur son estrade attendait déjà les élèves, ils disparurent tous les deux, non sans que Télémaque eut jeté vers Cornélia un ultime et éloquent regard.

Son amour était partagé, elle en avait à présent la certitude. Amour fou, insensé, sans espoir.

Elle était jeune, mais non dépourvue de raison ; et la raison lui commandait, dans l'intérêt du jeune Grec, surtout, de mettre fin immédiatement à cette idylle naissante. Pour un esclave, aimer la fille d'un patricien était un crime puni de mort. Il était temps encore, se persuada Cornélia, puisqu'ils n'avaient même pas échangé un mot.

Accablée, elle s'éloigna du forum, cette place édifiée au cœur d'Ampurias Brava, comme dans toutes les villes romaines. Hors du marché, la cité était calme. Cornélia se hâtait, insensible à l'éclat du ciel, à la rumeur douce et familière qui s'échappait des maisons, au chatoyant déferlement de fleurs, le long des rues pavées.

Elle pleurait.

- V -

Elle pleurait, oui, les poings sur les yeux, comme une petite fille.

Elle se redressa et elle poussa un cri d'effroi : elle se retrouvait dans la chambre en ruines où couraient des lézards. Elle passa une main tremblante sur son front. Quel rêve étrange ! Un rêve? Non, ce n'était pas un rêve. Ç'avait été comme si brutalement son esprit avait été projeté en avant, réintégrant une enveloppe charnelle -la même que ce jour- le temps d'un épisode vécu lors d'une existence antérieure.

Jane se releva et en sortant de la chambre couverte, elle se heurta à un garde ; surpris par sa pâleur, celui-ci lui demanda :

— Que pasa, señora ?

Jane murmura quelques mots indistincts et, haussant les épaules, le garde s'éloigna. Elle traversa l'atrium, enjambant les murets en dépit des nombreux panneaux d'interdiction. Des cris stridents retentirent et elle se précipita vers les restes de la maison voisine, plus vaste encore que celle qu'elle venait de quitter. En y pénétrant, elle réalisa qu'elle se trouvait dans l'ancienne demeure de Janus, l'édile propriétaire de l'esclave Télémaque.

Télémaque qui ressemblait dans ce qu'elle s'obstinait malgré tout à qualifier de *rêve,* à Michel Antérakis, le harpiste grec.

La pin-up aux cheveux flamboyants surgit, hagarde, entre deux pans de murs.

— Mademoiselle, pria-t-elle d'une voix haletante à l'accent étranger très prononcé. Aidez-moi ! Mon ami est malade, il semble comme mort !

Elle suivit la rouquine. Déjà, elle savait. Et l'affolement qui s'était emparé d'elle à son «réveil» se dissipait. Un grand calme descendait sur elle. Oui, tout était prévu. Mais prévu par qui ? Et pour quoi ? Quelque chose aussi l'intriguait. Cet homme qu'elle avait spontanément appelé Paul dans le «rêve» avait pour prénom *Télémaque.*

— Il est là, regardez, il n'a pas bougé, articulait la compagne de Michel Antérakis, terrifiée.

Jane s'approcha. Le Grec, la tête légèrement tournée sur le côté, était étendu le long d'une rangée de mosaïques, lesquelles sûrement bordaient jadis une piscine. On aurait pu le croire endormi, si ses traits n'avaient été empreints d'une lividité cadavérique. Jane s'agenouilla près de lui. Aucun souffle ne s'échappait de ses lèvres entrouvertes, son pouls était absent, sa main froide et inerte dans celle de Jane, mais pourtant celle-ci n'était pas inquiète.

Elle toisa la femme rousse et lui ordonna d'un ton sans réplique, qui lui était absolument inhabituel :

— Allez jusqu'à la fontaine et imbibez d'eau un mouchoir. Certainement, c'est la chaleur qui a causé son malaise.

La femme lui obéit sans discuter.

— Michel... Télémaque... chuchota Jane en contemplant l'étranger.

Ses doigts, chauds soudain de sa vie revenue, serrèrent fortement ceux de Jane. Il ouvrit les yeux, et quand il la vit penchée sur lui, il sourit.

— Cornélia, murmura-t-il. C'est toi... *toi !*

Puis, étonné, il se souleva un peu.

— Pardon, mademoiselle ! Je crois que je divague. Pourquoi suis-je allongé ? Oui, je me rappelle. Je suis tombé. Un malaise...

— Un malaise, précisa lentement Jane, un malaise semblable à celui que je viens de ressentir !

Et hardiment elle ajouta, en le regardant fixement :

— Télémaque !

Il se releva. Il était tout à fait dispos. Son sourire éclatait dans son visage à la peau mate, sous laquelle de nouveau un sang ardent circulait. Il était surpris. Mais pas effrayé.

— Vous aussi, mademoiselle, vous avez donc... Vous étiez vraiment...

— Cornélia, oui. Comme dans votre «rêve». Un «rêve» qui était sans doute exactement le même que le mien.

— Je ne connais rien à la métapsychique, déclara l'homme pensif, mais je crois que dès ce soir je vais me mettre à dévorer des bouquins spécialisés. (Il s'empara de sa main et elle tressaillit). Écoutez-moi, chaque année je viens à Ampurias, attiré par une force étrange. Je comprends -un peu- à présent. Il fallait *aussi* votre arrivée pour que tout se déclenche !

Il la considéra intensément.

— Qui êtes-vous, Cornélia ?

Elle avait envie de répliquer qu'elle n'était que Jane Marton, une Jane incolore, insipide, mais elle se contenta de le regarder et d'une façon bien inconvenante, auraient jugé ses parents.

— Michel ! Oh ! Michel...

La femme rousse revenait et tendait au harpiste un mouchoir mouillé. Michel Antérakis réprima un mouvement d'impatience, qui ne lui échappa nullement.

— Merci, Maud, dit-il, mais je vais bien à présent.

Nous avons pris congé. Son regard me signifiait un message : «A demain, surtout, n'oublie pas !» J'ai retrouvé mes parents ; ils somnolaient sur leur banc. Le croiriez-vous docteur Fanet ? Une demi-heure à peine s'était écoulée depuis que je les avais quittés. Mon «rêve» et celui de Michel» n'avaient pas excédé un quart d'heure.

Mais pourquoi avais-je appelé l'étranger Énid en le voyant pour la première fois ? Et pourquoi, lui, m'avait-il attribué ce prénom de Galla ?

- VI -

Le village près d'Ampurias Brava, où se trouvait leur *fonda,* était affligé de quelques grands bâtiments de luxe, anarchiquement construits parmi les vignes, et qui juraient avec les typiques demeures des gens du pays.

C'était dans un de ces hôtels internationaux que Michel Antérakis et sa compagne étaient descendus.

Le lendemain, au petit déjeuner, Jane apprit sur lui, involontairement, une foule de détails, fournis par une vieille demoiselle française, habituée des lieux, et qui connaissait parfaitement chacun des vacanciers revenant au *pueblo* à période fixe, détails qu'enregistrèrent ses parents : ils n'avaient pas oublié son intérêt de la veille pour ce *bellâtre et sa grue.*

Le fait que Michel fut harpiste -et célèbre- ne modifiait en rien leur jugement aussi injuste que définitif, et un méchant petit sourire aux lèvres, la mère de Jane se délectait des ragots de la bigote, ravie d'avoir enfin trouvé deux auditeurs à sa mesure.

Le harpiste, susurrait-elle, était sous l'entière domination de la femme avec laquelle il s'affichait. Elle l'avait tiré de la misère en l'arrachant à une île perdue dans l'archipel grec, île où régnaient la violence et la haine. Cette veuve richissime -à moins qu'elle ne soit divorcée- était à l'origine de son succès et de sa réussite prodigieuse. Elle l'avait introduit dans un certain milieu artistique, elle l'avait «façonné», payant pour l'aider à se perfectionner les meilleurs professeurs de musique, et enfin elle lui avait procuré un imprésario.

— Il est devenu un esclave, disait la délatrice en se régalant de ses commérages. Oui, l'esclave de cette femme !

Et Jane, émiettant son petit pain rond sur la table, songeait à *l'autre* -enfin, au même-esclave aussi, esclave déjà, esclave de Janus. Elle n'était pas surprise d'apprendre que Michel était grec, elle s'en était douté d'ailleurs, à cause de son patronyme. Elle réfléchissait. Par quel méchant tour à sa façon la vie avait-elle contraint Michel à se lier à cette créature dominatrice ?

La matinée avait passé vite. Le repas pris tard selon l'habitude espagnole avait durement éprouvé les parents de Jane, écœurés par l'huile d'olive à peine raffinée, les poissons grillés, assoiffés par les épices de feu. Et vers seize heures, la bouche sèche et ardente, l'estomac lourd, assommés de surcroît par la chaleur, ils décidèrent d'un commun accord de s'octroyer une longue sieste. Pour sa part, Jane se sentait en pleine forme et elle leur déclara sans ambages qu'elle allait de ce pas visiter la contrée, si belle avec ses oliviers et ses vignobles.

— Tu ne devrais pas, Jane, s'insurgea sa mère. C'est de la folie. Il fait trop chaud !

L'idée que Jane puisse se promener seule et qui sait, faire «des rencontres», une *rencontre* plus précisément, affolait cette femme possessive ; visiblement, elle luttait, partagée entre le besoin d'aller dorloter ses malaises dans la fraîcheur de la chambre, et celui de les surmonter et d'accompagner la jeune fille. Jane la tranquillisa en lui assurant avec une hypocrisie toute nouvelle, qu'elle saurait bien se garder des touristes trop audacieux qui abordent les femmes seules, et aussi de l'insolation, en achetant un chapeau ! Elle n'avait plus seize ans depuis longtemps.

Enfin, elle réussit à s'échapper.

Vraiment, oui, il faisait chaud ; on voyait monter de la terre une buée légère et le ciel décoloré ressemblait à une plaque de métal. Jane trouva non sans peine une boutique ouverte et avec force gestes, elle réclama un couvre-chef. Pourvue de nombreux modèles en toile et en paille, elle fut poussée par la vendeuse dans une cabine d'essayage. Jane avait repéré dans la boutique d'adorables tenues estivales, et en fin de compte elle ressortit habillée d'une robe neuve. L'autre, sa défroque de vieille fille, elle l'avait roulée en boule dans son sac. Elle n'avait pas acheté de chapeau. La robe était légère, oh, si légère ! Ainsi vêtue, Jane se sentait plus jeune. *Attirante.* Elle résolut de se laisser pousser les cheveux, afin de les avoir aussi longs, aussi beaux que ceux de Cornélia.

Cornélia... Moi-même, 2200 ans plus tôt... Docteur Fanet, ayant surmonté ma stupeur, et ma frayeur, je trouvais mon aventure exaltante ! Mais, bien que frémissante du désir de revoir Michel Antérakis, ici même dans les ruines d'Ampurias, et aussi, pourquoi pas, au temps où il s'appelait Télémaque, je restais parfaitement lucide, ne mélangeant pas les deux époques...

Jane arriva à la cité romaine. Il y avait très peu de visiteurs à cause de la chaleur décidément exceptionnelle. Elle suivit des allées qui avaient été autrefois des rues pavées et elle déboucha au cœur d'un vaste espace où des blocs de pierre s'amoncelaient sur la terre presque rouge.

Elle examina les fragments de colonnes pas encore assemblées -car les fouilles étaient loin d'être terminées- et celles, debout, qu'un emplâtre de ciment avait consolidées. Jadis, elles soutenaient des portiques, des frontons ; Jane se trouvait à l'emplacement de l'ancien forum.

Tout à coup elle vit Michel Antérakis.

Il portait ce jour-là un bermuda en toile de jeans et une chemisette de coton, et il avait l'air extraordinairement juvénile, ressemblant ainsi davantage à l'esclave Télémaque.

Jane alla vers lui. Tout simplement. Et tandis qu'il prenait les mains de la jeune fille entre les siennes et les serrait à les broyer, il avoua, sombrement :

— Je l'ai semée !

Jane ne demanda pas de qui il s'agissait. Elle savait bien qu'il parlait de Maud.

— Avez-vous acheté vos livres sur la parapsychologie ?

Il a ri. Jane était prisonnière de son regard bleu foncé, et ce regard avait pour elle la teinte de l'heure secrète du soir.

— Non. Il n'y a rien de ce genre dans les boutiques du *pueblo*. D'ailleurs, que pourrais-je trouver dans un livre ? C'est à moi de chercher. A nous. Il ne faut surtout pas avoir peur.

— Mais je n'ai pas peur de... ce phénomène ! assura Jane.

Ils décidèrent de visiter le musée, installé dans une construction neuve. Et ils musardèrent entre les rangées de vitrines, en se racontant leurs «rêves» réciproques, vérifiant ainsi qu'ils étaient similaires, concordant en tous points jusque dans les moindres détails.

Ils examinèrent des catapultes, des ancres rongées par la rouille, des bijoux, des monnaies, des amphores, des statuettes, des maquettes de *domus*, qui ressemblaient exactement à certaine demeure romaine dont Jane avait encore le souvenir.

Ils parlèrent beaucoup, d'une voix sourde et basse. Jane lui narra la tristesse de sa vie et son besoin subit, véhément, irraisonné de faire ce voyage en Espagne, après avoir vu une banale affiche représentant les ruines d'Ampurias.

— L'un et l'autre, nous avons été attirés à Ampurias par une force mystérieuse, conclut Michel. Au fait, quel est votre nom... votre nom d'aujourd'hui ?

— Jane Marton.

Il lui acheta des cartes postales, des posters représentant le site, qu'il plaça lui-même dans son sac. Puis ils quittèrent le musée. Et quand l'aveuglante lumière du dehors les enveloppa de nouveau, ce fut comme s'ils s'étaient toujours connus.

De toute éternité.

A présent, Michel savait presque tout d'elle, qui avait obtenu en revanche la confirmation redoutée : le virtuose était réellement dépendant de cette Maud qui l'aimait d'une manière extravagante et qui l'avait enchaîné à elle doublement : par la reconnaissance et par l'argent, dont il ne s'était jusqu'alors jamais soucié, tout donné qu'il était à la musique.

Michel s'empara de sa main et laça ses doigts aux siens. Jane se sentit envahie par le bien-être et le bonheur. Elle avait retrouvé celui qu'elle aimait tant et pour qui elle était née une seconde fois ! Sans se concerter ils se dirigèrent vers les ruines juxtaposées de la demeure de Caïus et de celle de Janus ; ils y pénétrèrent.

De ce qui avait été la plus belle résidence d'Ampurias, il ne subsistait que des murailles n'excédant pas un mètre de hauteur, compartimentant les anciennes et nombreuses pièces d'habitation, les cours et les jardins intérieurs.

— Voici donc l'endroit où j'ai perdu connaissance ! remarqua Michel, rêveur, lorsqu'ils retrouvèrent la rangée de mosaïques. Maintenant, Jane, si nous allions faire un tour chez Caïus ?

— J'allais vous le proposer. Suivez-moi, Michel ! Je vous y conduis.

Jane le guida résolument vers un espace

entouré de colonnes en partie tronquées, et jonché de débris de fontaines. Une pancarte rédigée en plusieurs langues expliquait qu'en ces lieux s'édifiaient autrefois les jardins du péristyle de cette demeure romaine. Jane regarda ces vieilles pierres sur lesquelles le soleil cognait à les faire éclater. Elle avait peine à imaginer qu'ici avaient poussé arbres et fleurs, et que dans les vasques de marbre avait chanté l'eau claire des sources captées.

Puis, sans raison, elle se sentit émue, profondément vulnérable, assaillie par une angoisse pénible. Elle serra plus fort la main de Michel.

— Ces ruines... murmura la jeune fille. Elles sont hantées !

— Mais non, Jane !

Michel avait les yeux fixés sur elle, intensément. Jane vacilla, les jambes fauchées par une faiblesse incompréhensible.

— Michel ? Hier, ne m'auriez-vous pas hypnotisée, par hasard ?

— Oh, Jane ! protesta le musicien, amusé. Comment m'y serais-je pris, dites-moi !

— J'ai entendu parler de sujets capables

de se souvenir, sous hypnose, de soi-disant «autres vies» !

— C'est exact. Mais réveillés, ils avaient tout oublié ! Pour nous, Jane, c'est différent. Et nous avons fait *simultanément* ce voyage en arrière dans l'espace-temps.

Cependant, la vue de la jeune fille se troublait, ses membres devenaient pesants. Elle frissonna, en dépit de la chaleur.

— Michel, je me sens mal !

— C'est la chaleur, la station debout...

Il l'aida à s'asseoir sur une colonne découverte récemment et couchée encore sur le sol rouge.

— Cela va-t-il mieux ?

— Non. Venez, Michel. Venez près de moi.

Il lui obéit et passa un bras protecteur autour des épaules de la jeune fille.

— Qu'y-a-t-il, Jane ? Vous tremblez... Avez-vous peur ?

— Oui. Je crains que *cela* ne recommence. Je suis dans un état si bizarre...

— Moi aussi, la taquina-t-il. Mais c'est parce que j'ai envie de vous embrasser !

— Non, non, Michel !

— Vous en avez envie autant que moi.

— Peut-être bien, mais... Comment vous expliquer..?

C'était trop tôt. Bien trop tôt, elle en avait l'intuition. Cela dérangerait... Mais quoi ? Elle ne savait pas. Pas encore.

Michel en riant s'inclinait vers elle. Et Jane cria :

— Non, je vous en prie ! Il ne faut pas. Pas maintenant. Non, non...

- VII -

— Non, non ! Je ne veux pas ! Va-t'en !

Télémaque n'avait pas entendu son murmure de protestation, et jailli d'un haut massif fleuri, il avançait vers elle.

Une seconde fois, docteur Fanet, j'étais transportée en arrière, transplantée en une autre époque. Voyage dans le temps ou simple vision d'un épisode précis de ce passé que j'avais peut-être vécu ? Mon ami, je l'ignorerai toujours...

Elle se trouvait dans l'un des jardins intérieurs, celui du péristyle. Ses parents avaient déjà regagné leurs appartements. Elle les avait imités... puis était ressortie. Quelques esclaves vaquaient encore à leurs tâches. Les fontaines jasaient et la jeune fille, assise sous les lauriers épais, contemplait le croissant d'or imprimé dans le ciel. Elle rêvait à la mer, à la plage ; il ferait bon y courir pieds nus... avec *lui.*

De l'évoquer si fort l'avait-il conduit à se matérialiser ? Il était là et elle n'osait crier, de crainte d'attirer l'attention sur lui. Par où et comment avait-il pénétré dans ce jardin ?

Elle supposa que cela lui avait été relativement facile de franchir l'enceinte de la maison, sous prétexte de porter un message au maître de la part de l'édile Janus.

Le jeune homme était tout entier pris dans le flot de clair de lune, qui pâlissait ses traits et emplissait ses yeux. Cornélia voyait sur son visage un air résolu et farouche, elle mesurait alors son imprudence. Jamais elle n'aurait dû l'encourager ! Si son père le découvrait ici, la main tendue vers elle comme pour réclamer son dû -son dû d'amour- il le tuerait ou bien le livrerait à son maître afin que le malheureux subisse un châtiment exemplaire, pire peut-être que la mort. Cornélia eu peur pour lui et elle se composa alors un visage sévère. Et elle commanda d'une voix basse mais ferme :

— Ne m'approche pas, esclave ! Va-t'en ! Immédiatement !

Cette fois, il avait entendu. Sa main retomba. Son visage se convulsa comme celui d'un torturé. Il dit :

— C'est bien, je pars. Je ne t'importunerai plus jamais, sois tranquille !

Mais Cornélia le rappela, dans un cri qu'elle ne put retenir :

— Non ! Reste, Télémaque, reste !

Il esquissa un sourire tremblant.

— Tu connais donc mon nom ?

L'adolescente inclina la tête.

— Viens, dit-elle.

Ils s'enfoncèrent dans l'épais buisson de lauriers. Les feuilles bruissantes frôlaient les bras nus de Cornélia et cet attouchement lui agaçait la chair ; ils suffoquaient, noyés par la houle de sucre et d'insidieux encens que dégageaient les fleurs. Le danger était oublié, un autre se précisait, fascinant, celui-ci ! Dans les grands yeux de Télémaque, l'adolescente découvrait un monde de passion, de violence. Elle devinait confusément qu'en l'autorisant à lui faire l'aveu de son amour, elle ne pourrait plus jamais revenir en arrière. La sachant consentante, rien ne l'arrêterait. De nouveau il eut un geste vers elle, comme pour la saisir. Prise de vertige, Cornélia balbutia :

— Tu sais, on m'a promise à Lucius !

— L'épouseras-tu ? Va-t-on t'y obliger ? Bientôt ?

Elle le rassura :

— Je ne suis que *sperata,* fiancée officieusement. Nous avons le temps d'y penser.

Bien entendu, docteur Fanet, nous nous exprimions en langue latine. Réintégrant le XXe siècle, non seulement je n'avais pas oublié le sens des mots employés, mais j'étais même capable de les traduire en français, ce que je fais docteur, dans ce récit, pour plus de commodité, laissant cependant certains mots usuels pour vous démontrer que je n'invente rien...

Elle s'inquiétait de l'existence que menait cet esclave si différent des autres, qui semblait n'avoir peur de rien, qui risquait allègrement sa vie pour les beaux yeux d'une fille.

— Es-tu heureux chez ton maître ?

— Autant qu'un esclave puisse l'être, a-t-il rétorqué, amer.

— D'où viens-tu donc ? On te dit Grec !

— Je viens d'une île, d'une toute petite île perdue au milieu d'une immensité d'autres îles. Chaque printemps, elle se couvrait de narcisses. J'avais treize ans lorsqu'on m'a capturé et j'étais fils d'un noble personnage.

Il lui raconta son enfance, gâchée par la guerre. Pourtant les envahisseurs, bien que toujours possédés par la rage de conquérir, avaient cessé de massacrer, de saccager ; mieux, ils avaient adopté la religion des vaincus, et certaines de leurs coutumes. En lui expliquant cela, Télémaque la regardait avec adoration. Le clair de lune avait pénétré l'intérieur du buisson de lauriers, un rossignol s'exprimait dans le jardin et nul bruit autre que le frémissement des feuillages ne troublait le silence. Cornélia aurait pu rester ainsi près de Télémaque la nuit durant, mais il enserra sa taille de ses mains fébriles, essayant de la ployer vers lui ; et nerveuse, elle se dégagea.

— Pars, à présent, supplia-t-elle. Il est tard ! Je ne supporterais pas que tu te fasses prendre.

Leurs regards, ardents, se soudèrent.

— Dis que tu m'aimes, alors. Dis-le !

Sa main caressait les bras de Cornélia et elle frémissait toute. Elle était... ils étaient perdus ! La jeune fille soupira :

— Que Vénus ait pitié de nous, qu'elle intercède en notre faveur auprès de Jupiter, maître des dieux et des humains.

— Je ne crois pas aux dieux, répliqua fermement Télémaque. Leurs aventures sont des légendes... masquant une vérité.

Quelle est-elle ? J'y réfléchis souvent. Esclave, mon corps appartient à mon maître, mais mes pensées ne sont qu'à moi.

Puis, avec passion :

— Laissons les dieux -vrais ou faux- à leurs affaires, et occupons-nous des nôtres ! Tu ne m'as pas répondu. M'aimes-tu, Cornélia ?

— Oh, Télémaque ! Télémaque !

Ce soir-là, comprenant que sa condition, sa pudeur aussi, lui interdisaient de brûler les étapes, Télémaque se contenta de ce cri, droit sorti de son cœur ; mais c'est âprement qu'il lui réclama un rendez-vous pour la nuit suivante, près du temple de Neptune, en un endroit isolé et paisible, au bord de la mer.

Cornélia mesurait bien le danger d'une telle escapade mais elle accepta pourtant. Elle le quitta, en lui recommandant la plus grande prudence lorsqu'il traverserait le jardin. Télémaque lui assura gravement qu'il tenait trop à la vie, maintenant, pour risquer de la perdre.

Dans la chambre de Cornélia, la lampe à huile éclairait sourdement. Des reflets passaient sur les étoffes des portières et son ombre la suivait sur les murs. Elle se jeta sur sa couche, elle enfouit son visage dans les coussins.

Quand sa vieille nourrice, peu après, se pencha sur elle avec tendresse, l'adolescente feignait un sommeil profond.

- VIII -

— Jane...

Avec peine, elle souleva ses paupières de plomb.

— Est-ce que ça va mieux, Jane ?

Peu à peu elle reprenait ses esprits. Elle avait la gorge sèche et soif, très soif.

— Oui. Télémaque, es-tu rentré chez Janus, sans encombre ?

Michel Antérakis tapota sa joue. Jane était toute molle, appuyée à lui. Elle respirait son odeur d'homme.

— Ressaisis-toi, Jane. Réveille-toi, je t'en prie !

— Mais je suis réveillée, je te reconnais... Michel... Ou Télémaque.

Il sourit tristement.

— Je ne sais pas si j'ai... enfin, si Télémaque a regagné la demeure de Janus sans se faire remarquer. N'y pensons plus pour le moment ! Nous sommes revenus au présent, Jane, c'est cela qui compte !

— Alors, toi aussi tu as fait le voyage à l'envers ?

Jane constata alors que sans gêne ils se

tutoyaient, comme si ce «rêve» avait resserré encore les liens entre eux. Michel caressait les cheveux, le visage, les bras nus de Jane, et comme l'enfantine Cornélia, la jeune fille de trente-deux ans, jeune fille contre son gré, Jane frémissait, troublée au plus profond de son être ; et le sang que ses veines transportaient, bouillonnait soudain d'une ardeur nouvelle.

— Nous sommes «partis» ensemble, à l'instant où tu refusais de m'embrasser, expliqua Michel. Mais je me suis réveillé le premier. Ton corps était glacé comme celui d'une morte. Jane, j'ai eu peur, très peur !

— Toi aussi, Michel, hier, tu semblais sans vie !

Nous étions effrayés et perplexes.

Chacun à notre tour, minutieusement, nous avons évoqué notre «rêve», exactement le même, comme la première fois.

Nous parlions d'une voix sourde et lente, assis sur la colonne, et les touristes intrigués par notre attitude nous observaient. Un garde, de loin, s'inquiétait des déprédations que nos séants pouvaient infliger à ces augustes ruines. Mais nous ne bougions pas. Nous réfléchissions. Quelle main mystérieuse tournait-elle en arrière, pour nous, le mécanisme du temps, stoppant celui-ci délibérément à une époque déterminées de nos vies antérieures !

Je n'avais jamais cru à la réincarnation, contrairement à Michel que les phénomènes métaphysiques et parapsychiques avaient toujours passionné, et qui, bien avant moi, avait ressenti l'irrésistible désir de rechercher à Ampurias le fil conducteur reliant deux époques et deux vies doubles.

Il ne me restait plus qu'à m'incliner devant l'évidence du phénomène. Je croyais à présent à la réincarnation !

Nous avions consulté nos montres : le «rêve» cette fois n'avait duré que cinq minutes, alors que plusieurs heures s'étaient écoulées dans le jardin du péristyle pendant l'entrevue de Télémaque et de Cornélia.

— Jane ! la supplia Michel. Poursuivons cette... expérience ! A la fin du «rêve»- appelons ainsi cette régression dans le temps- il est question d'un rendez-vous au temple de Neptune. Il en subsiste certainement des traces. Te sens-tu la force de t'y rendre avec moi, d'y attendre, et d'y subir peut-être un autre retour en arrière ?

Jane acquiesça sans hésiter. Ils recherchèrent et trouvèrent sans trop de peine le temple en question, enfin, ce qu'il en restait : quelques antiques colonnes, une large pierre dressée en forme de table, dans une enceinte délimitée par un petit mur de pierres sèches. Il n'y avait, entre la mer et ce temple, que la largeur de la plage. De l'endroit où il s'élevait, un peu plus bas dans les pins, on apercevait le toit de la petite auberge qui la veille avait séduit Jane.

Ils s'installèrent à l'intérieur de l'enceinte et ils attendirent.

Rien ne vint.

Ou plutôt si : le garde, qui les pria en espagnol d'abord, puis en anglais et enfin en français, de ne pas enfreindre davantage le règlement consistant à respecter les ruines !

— N'insistons pas ! dit Michel. D'ailleurs, Jane, il manque quelque chose... pour que *cela* puisse réussir !

— Quoi donc ?

Jane était intriguée.

— La nuit, Jane.

Michel avait raison : c'était de nuit que Cornélia devait rejoindre Télémaque !

— Très bien. Nous reviendrons donc quand il fera sombre ; ainsi nous ne rencontrerons ni gardes ni touristes.

Ils quittèrent la cité, se donnant un rendez-vous pour le lendemain au début de l'après-midi, sur la plage d'Ampurias, en attendant de se retrouver le soir au temple de Neptune.

- IX -

Peu à peu la plage se vidait. Ils étaient allongés sur leur natte, à l'abri d'un gros pin qui à l'instar d'un parasol les avait protégés des rayons du soleil toujours aussi féroce, un soleil énorme et rouge, à présent, qui s'enfonçait enfin dans le ciel.

Derrière les jeunes gens, à l'abri d'un rideau de conifères et de tamaris, s'étalait la cité, où la nuit peut-être, se dit Jane, erraient les ombres de ceux qui avaient jadis vécu en ces lieux.

Parmi ces ombres, se trouvaient peut-être celles de Cornélia et de Télémaque ?

Jane interrogea Michel avec angoisse.

— Mais non, Jane, je ne crois pas. Pourquoi des ombres, inconsistantes, puisqu'ils ont nos corps bien vivants ?

— Michel ! Tu te rends compte de ce que tu dis !

— Tout à fait ! Viens, allons nous baigner, demanda le musicien pour arracher Jane à des pensées qui menaçaient de devenir morbides.

Ils suivirent le pourtour de la plage jusqu'à une crique où la mer était d'une pureté exquise. Ils entrèrent dans l'eau. Sa fraîcheur bienfaisante apaisait leurs membres brûlants. Ils avancèrent un peu encore puis ils perdirent pied et nagèrent. Sous la surface mouvante, on apercevait des rochers colorés et des poissons d'argent.

— Cette crique... s'écria Michel en secouant les perles brillantes accrochées à ses cheveux bruns... elle m'en rappelle une autre... où je me baignais quand j'étais enfant. C'était dans mon île natale.

— Tu es Grec, Michel, et pourtant tu parles si bien le français.

— Et d'autres langues encore, Jane.

— *Elle* parle le français, aussi.

Michel s'assombrit.

— Maud a épousé deux ou trois Américains mais elle est d'origine française. Assez parlé d'elle ! Jane, écoute-moi bien. Je retournerai un jour avec toi dans mon île et je te la ferai découvrir !

— Dans celle de Télémaque poussaient des narcisses. Y en avait-il dans l'île de ton enfance ?

— Je n'en ai jamais vu, mais je sais que chaque printemps ils en fleurissent les hauteurs.

Le flot les portait mollement. Michel chantonnait quelques mesures d'un air étrange, et de les écouter procurait à Jane un grand bien-être. Elle nagea vers son compagnon. Il l'enlaça, l'aida à se débarrasser de son maillot, et elle se trouva nue dans l'eau et pas du tout gênée de l'être. Les mains de Michel emprisonnèrent sa taille. Elle n'était qu'attente et bonheur fou.

— Énid, bien-aimé !

Michel la lâcha brusquement. Alors Jane la pudique prit conscience de sa nudité et blessée dans sa pudeur elle rattrapa son maillot que la vague emportait.

— Pourquoi m'as-tu appelé Énid, de nouveau ?

Michel semblait intrigué et mécontent. Jane réfléchissait. En toute logique (si l'on pouvait parler de logique dans une histoire pareille) elle aurait dû, à défaut de *Michel,* crier : *Télémaque*, erreur excusable après ces deux incursions dans le passé. Mais Énid...

— Sais-tu, Jane ? dit Michel en l'aidant à rattacher son maillot de bain, qu'à l'instant où tu as crié *Énid*, moi je pensais, en te regardant : *Galla.* Et j'éprouvais à former en moi les deux syllabes de ce prénom, un plaisir incomparable.

— La première fois que nous nous sommes rencontrés, ce sont ces prénoms, Michel, qui nous sont venus à l'esprit.

Comme elle soupirait, reprise par l'angoisse, Michel l'attira à lui.

— Il ne faut pas t'inquiéter, Jane, dit-il avec tendresse. Nous comprendrons en temps voulu.

- X -

Jamais nuit n'avait été aussi belle, de l'avis de Jane. Il se mêlait à l'odeur de la mer salée bien doucement, celle fortement sucrée des figuiers et des fleurs. Les portes de la cité étaient closes. Jane contourna Ampurias, remonta un sentier ondulant entre les tamaris et, guidée par un sûr instinct, elle découvrit dans le mur construit pour protéger les ruines, une brèche providentielle.

Elle s'y faufila et tomba juste au pied de la première colonne du temple, que frappaient les branches d'un pin agitées par le vent. Un chuchotement s'éleva, dans l'ombre.

— Jane ! C'est formidable ! Tu as su découvrir le chemin.

La lune s'était dégagée des longues nuées pâles qui striaient les cieux et elle aperçut Michel. Il portait un curieux instrument de musique, qui ne ressemblait pas du tout à une harpe.

— Qu'est-ce que c'est, Michel ? Une lyre ?

— Un peu plus perfectionnée, en fait. C'est une cithare. J'en joue quelquefois pour mon agrément. Je cherche dessus une musique... que personne n'a jamais entendue et que mon inconscient me commande de trouver... ou de retrouver, je ne sais.

Il pinça les cordes, et des notes cristallines s'égrenèrent, qui se fondaient harmonieusement à l'air doux et bruissant. Jane écouta, fascinée, jusqu'à ce que Michel repose cet instrument dont il tirait une musique si prenante et qui avait la voix même de la nature. Pourquoi Michel voulait-il davantage ? C'était déjà si beau ainsi.

— Et tes parents, Jane ? demanda-t-il.

— Ils dorment.

Michel attira la jeune femme dans ses bras.

— Jane, je suis persuadé qu'un jour nous comprendrons *tout.* En attendant...

— Oui ?

— Laisse-moi t'embrasser !

Elle ne demandait que cela. A sentir ce corps d'homme vibrant contre le sien, lui venait le désir de s'abandonner ; mais la peur de l'amour, inculquée par sa mère adoptive, la retenait encore. Et si elle déçut un peu Michel par ses réticences il n'en montra rien. Avec douceur il se contenta de la serrer à nouveau dans ses bras.

— Comme tu es belle !

— Mais non.

— Tu ne te rends pas compte... Tu es belle, ma Jane.

Belle, moi, docteur Fanet ? La passion l'aveuglait. Cependant j'avais revêtu l'éclat que donne l'amour, le véritable amour que peu de gens découvrent et qui pourtant est nécessaire, vous ne me contredirez pas mon ami, vous qui connaissez tant de personnes saines au-dehors, pourries à l'intérieur, vous qui savez bien que toutes les maladies de l'âme sont la cause du manque d'amour...

Dans la clarté lunaire, Michel la contemplait avec adoration.

— Jane, à l'instant où tu m'as appelé Énid, tu étais comme transfigurée !

— Chut, Michel. Je veux oublier un moment ce mystérieux prénom et même Télémaque, si réel.

Main dans la main, ils s'avancèrent vers la mer qui galopait vers le rivage sans s'y arrêter jamais.

— Le temps, dit-elle, ça doit ressembler aux mouvements de la mer !

Michel ne répondit pas. Il était anxieux,

agité et il l'entraîna de nouveau vers l'enceinte de pierres.

— Que se passe-t-il, Michel ?

— Nous avons pris de l'avance ! soupira-t-il.

— De l'avance ? Je ne comprends pas. Explique-moi.

Il passa une main sur son front, sur ses boucles.

— Je ne sais plus, Jane. Je sais seulement que tu dois repartir. Lève-toi. Recule. Oui, jusqu'au bout du sentier. Après, reviens. Reviens vers moi, rapidement.

— Mais cela ne rime à rien ? Je ne comprends pas, Michel.

— Je t'en prie ! Fais ce que je te demande !

Il l'effrayait, hagard soudain, et aussi tragiquement beau, tout pâli par le clair de lune. Jane admit plus tard que son compagnon était encore plus réceptif qu'elle ne l'était à certaines influences. Mais à ce moment précis, la réaction de Michel déconcertait la jeune femme.

— Jane, vite ! Passe par la brèche... Va-t'en. Fais ce que je te demande, je t'en prie, vite ! Il faut tout recommencer, comprends-tu ?

Jane renonça à comprendre et lui obéit. Elle retraversa l'enceinte, et s'enfuit en courant par le sentier perdu entre les tamaris. Puis elle fit demi-tour et franchit de nouveau le trou dans la muraille. En arrivant près du temple elle cria le nom de son amour.

- XI -

— Télémaque !

Se trouvait-elle loin du temple, encore ?

La nuit était parfumée intensément, et quasi saturée par les odeurs trop fortes. Elle suivait le sentier entre les tamaris qui bruissaient. La stridulation des insectes, le murmure de la mer, emplissaient le silence. Parfois, sa robe s'accrochait aux ronces. Télémaque était-il arrivé déjà au lieu du rendez-vous ?

D'autres pensées, peu agréables, la tourmentaient. Le matin même, son père, Caïus, lui avait parlé d'une bien étrange façon. Il lui avait déclaré, avec une lenteur calculée, que les emballements fous du cœur conduisent au désastre aussi sûrement que le dérèglement des sens -mais que savait-elle encore des sens ?- Caïus soupçonnait-il quelque chose ? Les regards passionnés de la jeune fille quand elle croisait Télémaque - en qualité d'homme de confiance de Janus, il circulait souvent d'une maison à l'autre - l'avaient-ils trahie ?

De plus, elle avait reçu une visite qui l'avait bouleversée. Alors qu'elle errait dans le jardin, guettant l'instant où la nuit enfin abaisserait sur ses amours un voile protecteur, sa nourrice lui avait annoncé Lucius. Grand, élancé, celui-ci était habillé d'une tunique de soie imprimée, à Ampurias, d'habiles artisans connaissaient déjà l'art de semer des motifs sur les étoffes peintes, mode nouvelle que prisaient fort les élégants et élégantes de la cité. Son jeune visage aurait été attrayant, si, dans ses yeux sombres, n'y avait brillé cette constante expression de ruse et de malveillance. Comme un homme, il avait déjà les doigts chargés de bagues. Un homme... dans quelques mois, il revêtirait la *toge virile.* Leur mariage suivrait cet événement.

Dans la rue résonnaient les piaffements et les hennissements des chevaux attachés à un char, et elle avait deviné que Lucius accompagnait son père à un banquet. Avant de s'y rendre, il avait tenu à lui souhaiter une bonne nuit, ce qui n'était pas du tout dans ses habitudes.

Cornélia courait... Les cônes de pins roulaient sous la semelle de ses sandales de peau. Le sentier débouchait en un endroit de la grève, désert, et particulièrement enchanteur. Au milieu d'un bouquet d'arbres sveltes se dressait le temple de Neptune, tout illuminé par le clair de lune.

Télémaque était assis sur un tapis d'aiguilles de pins, entre la mer et le temple. Une lyre était posée près de lui sur le sable. Il appuyait sa tête dans ses mains. Toute son attitude exprimait la tristesse. Il ne portait d'autre vêtement qu'une bande d'étoffe roulée autour des reins et la lune badigeonnait sa lumière de miel sur son torse puissant et nu. Pour la première fois Cornélia remarqua la perfection de sa musculature et elle s'attarda à admirer les cuisses longues et dures de l'esclave. Elle n'était guère plus qu'une enfant mais soudain la vue de ce corps magnifique la troublait.

— Télémaque ! appela-t-elle d'une voix étranglée par mille émotions insoupçonnées.

D'un bond il se mit debout. Peut-être la joie de la trouver au rendez-vous après avoir redouté qu'elle ne puisse ou n'ose s'y rendre, l'avait-il rendu hardi ? Il l'étreignit avec une impétuosité qui la comblait et l'effarouchait tout de même un peu. Mais elle le savait vulnérable et se garda bien de le repousser. Il ne lui ferait jamais de mal ! C'était elle qui risquait de le blesser.

«Amo» ai-je pensé docteur Fanet, en proie à l'exaltation. J'aime ! Amo... Doux verbe. Doux le vent sur les arbres et doux aussi le murmure de la mer. Amo. Docteur Fanet, il m'arrive encore de prononcer ce mot. Je sais bien qu'il ne me servira pas plus tard, et pourtant j'en éprouve une sorte de réconfort : c'est long, parfois, l'attente, et les souvenirs aident à la supporter !

— Cornélia, je t'aime, je suis fou de toi ! Oui, je t'aime à en mourir, cria le jeune homme en l'écrasant contre son torse puissant. Mais toi, Cornélia, qu'éprouves-tu pour moi ?

— Je t'aime aussi. Sinon je ne serais pas là ce soir.

Il tressaillit, la détacha de lui et la maintenant à bout de bras il la considéra longuement.

— M'aimes-tu assez pour me suivre ?

— Te suivre ? Mais où ?

Il la lâcha. Son visage qu'enchantait le clair de lune était marqué par la même douleur que la jeune fille y avait vu la nuit précédente dans le jardin de son père, lorsqu'elle l'avait appelé : esclave !

— Si ton amour n'est pas assez fort, s'écria Télémaque éperdu en désignant la mer, eh bien je me laisserai emporter par le flot jusqu'aux profondeurs où habite, dit-on, ce dieu que les navigateurs vénèrent et redoutent.

Cornélia se jeta dans ses bras.

— Télémaque ! Je te suivrai où tu voudras !

— Nous n'avons que peu de chances de réussir, tu dois le savoir. Si nous sommes pris, ce sera la mort... ou pire.

— Qu'importe ! Je suis prête, mon amour.

Télémaque s'était apaisé. Il ramassa sa lyre et entraîna la jeune fille vers la frange des pins, dont certains poussaient si près de la mer qu'ils jetaient dans la vague, quand le vent les courbait, des poignées de fruits à écailles.

— Cornélia, il faut aussi que je te dise... Je sortais des thermes avec le jeune Marcus lorsque j'ai vu Lucius pénétrer dans la demeure de ton père. Je ne peux plus supporter qu'il t'approche, t'admire, te caresse, ne fût-ce que du regard. Je ne veux pas qu'il te parle de ce mariage.

— Nous avons devant nous quelques mois, avant qu'il y pense vraiment !

— Le temps court. Il nous devancera, si l'on n'y prend pas garde. Il faut mettre nos projets à exécution sans attendre.

— As-tu une idée de la façon dont nous pouvons nous échapper ?

— Oui. Il y a un voilier dans le port, qui appartient à deux marchands de Byzance, deux frères, et leurs matelots sont nombreux. Je leur ai parlé, ils acceptent de nous prendre à bord et de nous conduire dans mon île qui est redevenue paisible. Je leur ai promis qu'en échange ma famille les récompensera superbement. Ce sera un long voyage, aux escales éprouvantes, mais au bout, il y aura la liberté pour moi et l'amour pour nous deux. Si nous réussissons à embarquer...

Il y avait une dizaine d'années que Télémaque avait été enlevé pour être revendu comme esclave mais il ne doutait pas que son père, jeune encore lors des événements tragiques, fût toujours vivant. Et songeur le jeune homme se demandait si sa mère et ses plus jeunes frères et sœurs le reconnaîtraient. Tous le croyaient mort.

— Chez nous, Cornélia, tu seras l'égale d'une princesse, et...

— Télémaque !

Le cri apeuré de la jeune fille l'interrompit.

— Qu'y-a-t-il, mon amour ?

Avait-elle réellement aperçu une forme noire, rasant furtivement le temple ? non ! C'était sans doute l'ombre d'un arbre agité par le vent.

— Les pins qui bougent m'ont effrayée : j'ai cru voir un chien sauvage courir derrière les colonnes.

— Il n'y a personne, la rassura Télémaque.

Elle s'appuya à lui, qui avait repris sa lyre ; et, touchant doucement les cordes magiques, il évoqua pour Cornélia la petite île que les narcisses, à la saison douce, recouvraient tout entière.

Quand ils se quittèrent au milieu de la nuit, ils échangèrent leur premier baiser.

- XII -

Ils reprirent conscience, debout, et enlacés. Dans la posture d'un couple qui échange un baiser.

Cela différait des fois précédentes !

Michel regarda sa montre au cadran lumineux. Depuis le moment où Jane avait débouché du sentier jusqu'à leur retour à la réalité du présent, une minute, pas plus, s'était écoulée.

A la lumière de la lune, le visage de Michel apparaissait blafard, marqué de cernes de fatigue ; Jane également se sentait très fatiguée, comme après un voyage pénible.

— Tu vois, remarqua Michel, en prenant de l'avance, nous avons bien failli manquer le rendez-vous que notre passé nous donnait. L'autre, il ne faudra pas !

— L'autre ?

— Oui. Le rendez-vous sur la grève. Au port. Pour embarquer. Et le voilier nous emportera... emportera Cornélia et Télémaque, enfin, *nous,* oui, *nous hier !*

— Michel ! supplia Jane. Arrêtons, à présent ! J'ai peur et je me demande où tout cela va nous mener.

— Non, Jane ! Il ne faut pas arrêter. Nous devons savoir. Savoir pourquoi nous sommes projetés ensemble dans un passé où nous nous sommes aimés !

— Aujourd'hui aussi Michel nous nous aimons, nous avons cette chance, et nous sommes libres !

Il serra Jane très fort dans ses bras et resta silencieux. Et elle entendait la mer qui battait comme un cœur, comme le cœur de Michel contre son sein.

— Libres... chuchota enfin le musicien. Pas tant que cela, Jane !

Comme il avait raison !

Le désir qu'il avait de Jane, après ce «rêve» avait décru. Michel avait été physiquement très éprouvé par ce phénomène de recul dans le temps. Ils rentrèrent, convenant d'un rendez-vous pour le lendemain matin dans le petit port de pêche d'un village voisin.

- XIII -

— Jane, tu es folle, la gourmanda sa mère. Folle à lier ! Cet homme n'est pas libre et ne le sera jamais. Et tu t'affiches depuis une semaine avec lui. Ah ! Maudites vacances...

«D'accord, je suis folle ! Amen ! pensa Jane dans la langue de la fille de Caïus, cette langue latine dite morte. Morte comme Cornélia.

Morte, elle ? Mais non, docteur Fanet, j'étais Cornélia, rebaptisée Jane.

A la *fonda*, les Marton terminaient leur repas que la mère avait gâché avec ses lamentations. Le père plus enclin peut-être à admettre qu'il était temps que leur fille adoptive dispose de sa vie -de son cœur- baissait lâchement la tête. Sitôt avalé le sorbet du dessert, Jane les quitta pour rejoindre Michel Antérakis.

Michel qui ménageait encore sa maîtresse, essayait de l'habituer progressivement à l'idée d'une rupture inéluctable, définitive... Cette femme lui infligeait, dit-il à

Jane, des scènes terribles, ce genre de scènes auxquelles en principe on met fin par l'étreinte brutale des corps sans que l'âme y participe, mais même cela, il ne pouvait plus. Maud lui inspirait un profond dégoût depuis *qu'il avait retrouvé Jane.*

Et l'Américaine était persuadée qu'il usait ses forces viriles ailleurs... avec Jane. En vérité les amoureux n'avaient échangé que des baisers, se comportant presque comme des fiancés d'une autre époque, des promis qui goûtent à la douceur d'un long prélude à l'acte de chair, à l'amour qu'ils ne voulaient consommer que plus tard, lorsque tout serait clair dans leurs vies.

Actuelles et passées.

Michel traînait Jane de port en port, désirant les mettre en condition de subir à nouveau le «choc» qui les projetterait à une période cruciale de la vie et de l'amour de Cornélia et de Télémaque. Cela, sans succès. Le musicien en avait conclu qu'il leur fallait absolument retrouver l'ancien port d'Ampurias. Ils avaient interrogé le conservateur du musée. Celui-ci n'avait pu leur donner que de vagues renseignements d'où il ressortait que l'endroit approximatif où jadis était *peut-être* situé le port de la cité, se trouvait dans le périmètre de la charmante auberge au milieu des pins. Des fouilles avaient bien été entreprises autour, mais on n'avait rien trouvé encore de concret.

La veille du départ de Michel Antérakis, les amoureux erraient sur la plage, au bas de la cité, pas très loin justement de l'auberge nichée dans son bosquet de conifères.

Le soir tombait, la mer chuchotait, ensorceleuse. Michel retroussa son blue-jean jusqu'aux genoux, Jane ôta ses sandales. Ils marchèrent en direction d'un gros rocher, tout proche de la plage et s'y hissèrent. Dans les anfractuosités, de minuscules crabes pullulaient.

Michel, songeur, prit la main de Jane.

— Je pars demain, soupira-t-il, et toi, bientôt ?

— Oui, Michel. Qu'allons-nous faire ?

Il ne répondit pas et elle le regarda avec désespoir.

— Tu repars avec Maud, n'est-ce-pas ?

— Je dois honorer mes contrats, Jane, ma bien-aimée. Mais en décembre, ils prendront fin. Et cela me permettra, en rompant avec les amis de Maud, d'en finir aussi avec elle. Je sais que je lui dois beaucoup. Je la dédommagerai, financièrement. Et toi et moi nous commencerons une nouvelle existence, ma Jane : la vraie ! Je te donne rendez-vous à Ampurias, fin décembre, ici-même.

Michel désigna l'auberge, en face, dans son écrin de verdure.

— Nous y séjournerons quelque temps. C'est ici, près d'Ampurias, que nos corps doivent s'épouser. Avant de partir, j'y réserverai une chambre.

— On dit que l'auberge est fermée l'hiver.

— Pour nous, elle rouvrira ses portes. Je convaincrai le patron !

Une vague s'écrasa sur leur rocher, et en s'y déchirant elle les éclaboussa de ses haillons blancs. Michel reprit, d'un ton mélancolique.

— Trois mois, Jane, treize semaines pour que tu comprennes que ce qui nous lie n'est pas un mirage de l'esprit, une aventure un peu spéciale de vacances. Tu viendras ?

— Je viendrai, Michel. Comment peux-tu en douter ?

Il sourit et hocha la tête.

— Je t'aime, Jane !

— Je t'aime aussi. Ces trois mois me paraîtront bien longs !

Elle agitait ses orteils dans les crêtes écumeuses qui montaient régulièrement jusqu'à eux.

— Mais ils finiront par passer. Jane, mon cœur, on se mariera après nos retrouvailles ? Je veux être lié à toi de toutes les manières possibles.

— Si tu veux le mariage, je le veux aussi.

— Un jour, je te l'ai promis, ma Jane, nous irons ensemble dans mon île. Les temps ont changé, les gouvernements aussi. Je ne suis plus un proscrit. C'est Maud, à la réflexion, qui me donnait l'impression d'en être banni pour l'éternité !

L'éternité... Sans qu'ils sachent pourquoi le mot les fit tressaillir.

L'ombre glissait sur eux, la mer restait bleue pourtant, d'un bleu à peine plus soutenu que celui des yeux de Michel. Une fenêtre s'alluma dans l'auberge. En piaillant, les mouettes regagnèrent leurs nids dans les rochers. Alors les jeunes gens retournèrent vers la plage.

Ils remirent leurs chaussures et main dans la main ils remontèrent en direction d'Ampurias. Une fois passé le rideau ténu des tamaris, les murs de la cité se dressèrent devant eux. En se hissant sur la pointe des pieds ils pouvaient voir des colonnes, des statues figées sur leur socle, des monticules d'une terre pesant jalousement sur des trésors enfouis encore, et au milieu, entouré d'arbres, le musée moderne dont les lignes contrastaient avec celles des ruines majestueuses. Les réverbères du parking n'éclairaient pas au-delà de l'espace goudronné, leurs feux ne touchaient pas la cité que la nuit emplissait brutalement.

Michel jucha Jane sur le mur puis s'installa à côté d'elle. Serrés l'un contre l'autre ils regardèrent la lune émerger lentement d'une nappe bleuâtre et s'épanouir au-dessus des ruines qui se mirent à briller, magnifiées par les retombées de lumière. Un long nuage pâle glissa devant cette reine des nuits et il s'imprégna de rouge. Alors la cité s'enflamma fugitivement avant de retomber dans l'obscurité. Les jeunes gens sautèrent au bas du mur et longèrent rapidement l'enceinte. Cependant, vers la porte d'entrée, ils s'arrêtèrent et appuyèrent leur visage contre les grilles de fer. Ils jetèrent un dernier regard aux épaisseurs noires d'où fusait ça et là l'éclair d'une colonne touchée par la lumière. Jane trouva que le site ressemblait à un immense cimetière. Michel avait la même impression. Et séparés par cette étroite barrière de leur passé refermé semblait-il pour toujours, ils frissonnèrent.

Pour eux soudain les ruines d'Ampurias n'évoquaient plus que la mort.

— Rentrons, Michel ! pria Jane.

Il l'entraîna vers sa voiture et en silence ils roulèrent jusqu'au *pueblo*. Michel laissa Jane devant la *fonda*. Un baiser très doux... puis, sans un mot, il disparut dans l'ombre. Le cœur de Jane se déchira sous un surcroît d'angoisse, et le sentiment de solitude où la laissait le départ de l'aimé, l'anéantissait.

Michel s'était enfoncé dans la nuit comme on plonge dans l'oubli du temps.

- XIV -

Jane regagna la France. Elle reprit sa petite vie routinière. Ses parents, d'abord, crurent l'avoir retrouvée, telle qu'en elle-même. Mais Jane donnait le change. Elle souffrait cruellement d'être séparée de Michel. Consultant fébrilement les programmes des émissions culturelles télévisées, elle imposait presque chaque soir à ses parents atterrés, le supplice d'ingurgiter des flots de cette musique classique qui les avait toujours fait bâiller ; hélas, dans aucun concert elle ne découvrit le harpiste grec, et elle dut convenir enfin que les tournées de Michel Antérakis ne l'amèneraient pas en France.

Le temps, ce temps qui en trois «rêves» avait passé si vite à Ampurias, s'étirait ici lamentablement. La nuit, pendant des heures entières, Jane cultivant l'insomnie revivait son aventure de septembre, le double roman d'amour de Michel et de Jane, de Télémaque et de Cornélia.

Une certitude qui la rassérénait un peu, l'habitait : elle aimait Michel. Elle irait au rendez-vous d'Ampurias et si Michel l'oubliait -mais était-ce possible ?- il lui resterait au moins l'amère consolation d'avoir connu quelques jours d'intense bonheur.

Arrivée en ce point de mon récit, il faut que je vous narre, docteur Fanet, un fait assez troublant survenu en cette période grise où s'effilochaient les jours, les derniers jours espérais-je, auprès de ce couple insupportable avec son égoïste et monstrueux amour pour moi, dans la grande maison silencieuse, entourée d'un jardin où l'on ne flânait pas...

Jane était étendue sur son lit. Dehors la nuit régnait. Et la brume. Une brume épaisse que le fleuve dégageait comme une haleine malsaine, à chaque fin d'automne. Quelqu'un la secouait... Elle sursauta et se dressa. La lampe était allumée.

— Jane, ma fille, excuse-moi, mais je ne pouvais pas te laisser ainsi !

Sa mère adoptive se tenait près de son lit. Manifestement, elle avait tiré Jane du sommeil. La jeune fille la regarda, reprenant lentement ses esprits. La colère la submergea. Cette femme l'avait arrachée à un rêve délectable.

Un véritable rêve cette fois, un rêve de tout le monde ou presque, mais les songes ont aussi leur part de mystère, n'est-ce-pas votre avis, docteur Fanet, qui avez des confrères qui se penchent avec sérieux sur les divagations nocturnes de leurs malades !

Une sensation de volupté jamais connue alanguissait son corps. Elle en voulait à sa mère de l'avoir écourtée par son intervention intempestive.

— Mais que se passe-t-il, maman ? Pourquoi m'as-tu réveillée ?

La femme lui semblait grotesque et pitoyable aussi, dans sa robe de nuit, avec ses rares cheveux tirés en arrière, dégageant un visage lisse de vieille enfant, sans souci et sans joie.

— Tu as crié ! J'ai pensé que tu faisais un cauchemar, comme lorsque tu étais petite.

Jane se lova au fond de son lit, ramenant sur elle la couette. Elle était attentive à son corps : la sensation si agréable persistait, quoique atténuée. Un cauchemar ! Allons donc !

— J'ai crié ? J'avais peur ? En es-tu certaine, maman ?

A regret, madame Marton jeta, du bout des lèvres.

— Au début, j'ai cru... mais non... tu appelais quelqu'un. Ah ! cela n'a pas été facile de te réveiller !

Jane allait riposter vertement qu'elle n'avait pas demandé à l'être, mais une réminiscence du vieux sentiment de reconnaissance scella ses lèvres. Elle réfléchit un moment, puis songeuse, elle questionna sa mère adoptive :

— Vraiment, j'appelais ? Et qui donc ?

Madame Marton la regardait, désolée, mécontente.

— Un certain Énid. Je ne connais pas ce prénom mais j'ai tout de suite eu la certitude qu'il s'agissait d'un nom masculin. Et tu t'agitais. Et tu gémissais.

— Donc, je souffrais ?

— Tu ne souffrais pas. Tu ne gémissais pas de douleur !

— De quoi, alors ?

La femme eut un air de profond dégoût.

— On aurait dit... de plaisir !

Jane considéra cette femme jalouse même de ce qui se passait dans son sommeil. Malgré son inexpérience la jeune fille avait compris et elle sourit sous le regard outré de madame Marton.

— Énid, murmura Jane. Énid...

Et en prononçant ce prénom, elle respira dans sa chambre l'odeur fine des narcisses tandis que la sensation de bonheur et de volupté se faisait plus aiguë. Puis le parfum s'évapora et son corps redevint calme. Il ne restait en elle que l'agacement que lui causait la présence de sa mère. Celle-ci ronchonnait :

— Énid ? Il s'appelle donc comme ça, ce Grec dont tu as fait la connaissance à Ampurias ?

Jane secoua la tête, excédée.

— Mais non, tu le sais bien. Il s'appelle Michel Antérakis.

Les yeux exorbités, madame Marton la dévisagea.

— Alors il y a un autre homme dans ta vie, en plus de cet étranger ?

Jane soupira.

— Mais non ! Ce n'était qu'un rêve. Laisse-moi, à présent. Je veux dormir.

La femme se pencha pour l'embrasser, ce qui était rare, mais Jane esquiva son baiser : il lui aurait fait horreur, après les autres. *Les autres ?* Sa mémoire ne s'en souvenait pas. Son corps, si.

Sa mère partie, la lampe éteinte, Jane chercha en vain à se rappeler un fragment de son rêve. Il n'y avait rien... mais si... juste quelques notes de musique sautillant dans le flou qui dissimulait les images.

Énid !

Ce prénom, encore une fois sur ses lèvres. Trompait-elle Michel en rêve, et bien avant de le rencontrer, puisqu'en apercevant la première fois celui qui dans cette vie et dans une autre antérieure était son bien-aimé, elle l'avait appelé sans hésiter : Énid !

Mais voilà, elle n'avait pas du tout l'impression de mal agir. Elle n'avait pas l'impression de léser Michel, de le tromper. De *se tromper.*

Michel, lorsqu'il était enfant, avait-il été gratifié par les siens d'un surnom ou d'un second prénom qu'il aurait oublié ? Énid, en l'occurrence ? Jane ne voyait que cette explication. Mais lui, Michel, pourquoi assurait-il que *Galla* lui plaisait infiniment plus que Jane ou Cornélia ?

Jane était son prénom réel, donné à sa

naissance par la pauvre femme qui l'avait abandonnée, celle qui avait «fauté sans doute avec un méditerranéen» puisque ses yeux très noirs, son teint mat l'attestaient, disait cette femme Marton devenue, affirmait-elle, plus qu'une mère de sang pour elle.

- XV -

Dès les premiers jours de décembre, les craintes de Jane quant à l'avenir se dissipèrent et elle reprit confiance. En proie à une agitation fébrile et bien féminine, elle courait les boutiques, renouvelant sa garde-robe, dilapidant sans regret son argent épargné pendant des années. Cornélia réveillée prenait goût aux parures... de l'époque de Jane !

Sérieusement ébranlée par le comportement de sa fille adoptive, Madame Marton se rongeait les sangs comme elle disait, et Jane la surprenait souvent en train de pleurer sur l'épaule de son mari. Elle s'interrogeait. Cette femme ne lui inspirait même plus de la compassion. Comment rompre avec elle ? Avec eux ?

Fallait-il agir avec franchise, et brutalité ? Ou tout en douceur ? Ou encore, s'enfuir... lâchement ?

Monsieur Marton lui fournit un jour l'occasion d'une conversation que Jane crut positive. Ils étaient seuls, dans le salon désuet où avaient coulé et s'étaient perdues tant d'heures de sa jeunesse terne, sous le regard impavide d'ancêtres qui n'étaient pas même les siens, figés dans leurs cadres dorés.

— Tu vas partir, n'est-ce-pas, Jane ?

L'homme semblait si désemparé qu'un élan de pitié la jeta vers lui.

— Père, pourquoi refusez-vous l'idée que je puisse être heureuse, sans vous deux !

— Heureuse, avec *lui*...

— Je ne veux pas laisser passer ma chance de bonheur ! Père, essaie au moins de comprendre !

— Moi, je voudrais bien essayer, mais ta mère... Elle n'acceptera jamais. L'épouseras-tu, cet homme ?

— C'est mon désir le plus cher. Alors, je reviendrai avec lui pour que vous le connaissiez et l'aimiez.

— Mais tu ne vivras plus jamais avec nous. Tu nous quitteras.

— Une femme doit suivre son mari !

Il hocha la tête, dubitativement.

— C'est un étranger. Et sa situation... Espères-tu donc qu'il pourra se libérer de sa maîtresse ?

— Oui, j'en suis certaine.

— Et où allez-vous cacher votre amour ?

Quelle drôle d'expression ! Se cacher ! Mais en quelque sorte, il avait raison. Jane soupira, tentée de lui avouer que Michel lui avait donné rendez-vous à Ampurias. Elle l'estimait. Davantage que sa femme. Avec lui, elle n'était pas constamment étouffée par le sentiment du *devoir,* et il lui arrivait même de l'aimer simplement, comme si elle était née de son sang au lieu d'être née de son choix.

Monsieur Marton se rendit compte de son hésitation et en prit aussitôt avantage.

— Donne-moi au moins ton adresse ! S'il arrivait quelque chose, à moi ou à ta mère... Il faut que je sache où te joindre !

— Père !

— Je t'en prie, Jane !

Avec la certitude de se laisser bêtement «avoir», elle céda. Le lendemain, elle partait, après avoir demandé à Monsieur Marton d'informer sa mère de son départ avec le plus de ménagements possibles, et surtout de garder le secret quant à sa destination. Son père tint à l'accompagner à la gare. Il neigeait quand elle monta dans le train. Penchée à la vitre, elle distinguait la courte et replète silhouette de Monsieur Marton, à travers les flocons serrés. Le train s'ébranla. La silhouette blanchie agitait le bras, mais déjà la jeune femme ne pensait plus qu'à Michel.

S'éloignant de la France en hiver, à la tombée du jour, au matin elle retrouva l'Espagne et l'été. Décembre là-bas était d'une douceur de rêve et Jane admira le ciel bleu déplié sur la petite gare toute blanche, et les jardins débordant de citronniers.

— Jane !

Michel l'attendait sur le quai de la gare. Le train repartit, déplaçant l'air qui soulevait les cheveux de Jane -ils avaient beaucoup poussé et lui donnaient l'air d'une adolescente-. Michel courut vers elle. Sa valise à la main, elle ne bougeait pas, envahie par l'émotion. Michel était vêtu de blanc, comme à leur première rencontre.

— Jane, tu es venue ! Tu es venue ! cria-t-il. Depuis trois jours déjà, je t'attends à l'auberge, et chaque matin je guette l'arrivée du train !

Il l'étreignit, farouche. Avait-il eu peur, lui aussi ? Elle se dégagea doucement de ses bras.

— Michel, es-tu libre ?

— Oui.

— Comment a-t-elle pris la rupture ?

— Mal ! avoua-t-il.

Mais il ne donna pas de détail et Jane n'en réclama pas. D'un commun accord, ils chassèrent de leurs pensées les importuns, parents et maîtresse avides de les posséder, de les exploiter. A part le débonnaire chef de gare, la petite bourgade semblait déserte. L'été leur appartenait, l'été de décembre ! La voiture de Michel les emporta jusqu'à la cité antique, la dépassa et stoppa enfin devant l'auberge dans les pins.

Ils en étaient les seuls clients : cette auberge ordinairement fermée l'hiver, avait rouvert ses portes pour Michel et Jane !

La mer s'agitait, peignée par les doigts nerveux d'un petit vent sec.

A la réflexion, docteur Fanet, le temps n'était peut-être pas aussi beau que je ne me l'imaginais, car je me rappelle avoir vu les habitants du pueblo passer en hâte dans les rues, emmitouflés. Mais l'amour est flamme si chaude...

L'aubergiste, personnage peu banal, lui-même engoncé dans un gros chandail de marin, venait à leur rencontre, ordonnant à l'unique employé qu'il avait gardé pour les recevoir, de monter leurs bagages à l'étage.

C'était un homme haut, large et rond. Il se targuait d'être devenu polyglotte au contact de sa clientèle de toutes nationalités, et leur assénait des phrases de bienvenue -en espagnol- qu'il émaillait de mots d'anglais ou de français, plaisamment déformés par son accent savoureux. En fait il s'exprimait fort bien en français, Jane le constata par la suite...

Après avoir rangé le contenu de leurs valises, Jane et Michel quittèrent l'auberge et marchèrent sur la plage. Ils ne désiraient pas remonter jusqu'à la cité morte. Le passé ne leur importait plus ; seul comptait leur présent, ô, combien grisant. Le simple contact de leurs doigts se frôlant les faisait frémir, et ils étaient bouleversés par l'émotion rien qu'en évoquant la nuit à venir qui ouvrirait pour eux de nouvelles perspectives de bonheur, un bonheur enfin complet.

Ils regagnèrent l'auberge et déjeunèrent.

Après quoi ils flânèrent sur la plage et dans les pinèdes, en s'affolant de baisers.

Le soir tomba enfin. Ils rentrèrent. Ils mouraient de faim. Ils cherchèrent leur table, dans la grande salle à manger de l'auberge. Elle avait été poussée contre la baie vitrée qui donnait sur la mer. Dans le bleu foncé du crépuscule, les lumières scintillantes de quelques lointaines barques de pêche se confondaient avec les premières étoiles. Tout avait été préparé pour que le jeune couple dîne aux chandelles, c'est-à-dire qu'au centre de la table, l'aubergiste avait placé dans un énorme bougeoir une espèce de cierge. Il les gâtait, les prenant pour des amoureux en voyage de noces, mais après tout se trompait-il ? Cette nuit Jane et Michel célèbreraient leurs épousailles que la loi ratifierait plus tard. Dans le cercle doré, sous la grosse bougie, leurs assiettes brillaient. Il flottait dans cette salle de restaurant déserte, une atmosphère d'irréalité que, par instant, les effluves suggestifs s'échappant des cuisines dissipaient !

— Señor, señor...

Le patron leur apportait lui-même les hors-d'œuvre. Il les servit et leur expliqua, avec un large sourire, qu'à cet endroit, à la place de son auberge, commençait le port d'Ampurias. Nul n'avait pu le prouver mais lui, pourtant, en était persuadé. Une intuition ! disait-il, faussement modeste. Michel alors lui parla de leurs recherches du mois de septembre et l'homme expliqua dans un français plus qu'honorable :

— Cela fait vingt années que mon établissement est construit. Les fouilles ont commencé peu après mon installation et on n'allait pas raser l'auberge tout de même ! Ils ont creusé autour, dans les pinèdes ; ils ont trouvé des ancres et ça a suffi pour que ma conviction soit faite.

Soudain nostalgique, l'Espagnol effleura la vitre où, si près, semblait-il, la mer dansait sous l'aile de la nuit.

— D'après mes calculs, la mer arrivait autrefois presque jusqu'à la terrasse, devant cette salle à manger. C'est impressionnant quand on pense qu'à l'endroit où j'ai installé votre table, señor, señora, débutait peut-être une jetée où s'amarrait un beau voilier !

Michel regardait la flamme de la chandelle qui montait, s'effilant, comme pour toucher le plafond ; Jane contemplait Michel dont les pupilles, reflétant la flamme, rétrécissaient. Et lui, fixant la lueur vivante, et elle son reflet dans ses yeux, ils se sentaient glisser dans un état proche du sommeil, mais qui n'était pas le sommeil, ni la somnolence.

— Un beau voilier ! répéta Michel d'une voix étouffée.

Et il chercha la main de Jane, sous le regard attendri du patron.

Docteur Fanet... J'ai poussé alors -ou j'ai cru pousser- un long cri : une douleur violente irradiait dans ma tête. Le vacarme de la mer emplissait tumultueusement mes oreilles. C'était comme si, donnant raison à l'aubergiste, elle se déchaînait, refluant jusqu'à nous, reprenant sa revanche sur la terre qui soi-disant s'était accumulée sur son fief.

- XVI -

Et les murs de l'auberge éclatèrent, le toit s'envola et l'aubergiste avec, et la mer s'approcha tout à fait, reprenant ses aises et sa place, et c'est ainsi, dans le fracas des flots, que la régression dans le temps, pour la quatrième fois, s'accomplit pour Michel et Jane.

La terrasse, le parking devant l'auberge étaient redevenus grève ; une jetée s'avançait dans l'eau et de chaque côté s'alignaient les barques de pêche. Les bateaux des marchands, secoués par les vagues, avaient jeté l'ancre un peu plus loin.

Cornélia se hâtait, admirant le voilier élégant, mouillant au large du port. Sa voilure encore enroulée à ses mâts pointés vers le ciel, se déploierait bientôt, et gonflée, les entraînerait loin d'Ampurias. Dans les barques qui assuraient la liaison entre le port et le voilier, des matelots à la peau foncée entassaient de gros pains de seigle, des jarres d'olives, des viandes et des fruits séchés ainsi que les amphores de vin et d'eau douce, nécessaires à la poursuite du long voyage.

Cornélia n'avait jeté sur ses épaules qu'un simple manteau de lin ; elle n'avait pris aucun bijou : Télémaque avait dit que de ses mains, chez lui, elle recevrait l'habit et la parure.

La jeune fille le vit soudain sortir du petit bois de pins, au bout de la grève, près du temple. Il était lui aussi enveloppé d'un ample manteau et il portait sa lyre. Il l'aperçut et fou de joie lui fit signe. L'approche du crépuscule violaçait l'azur. Télémaque et Cornélia couraient pour se rejoindre, protégés croyaient-ils par l'animation bruyante du port.

Le soleil plongeait dans la mer, il ressemblait à une énorme citrouille rouge.

Les jeunes amoureux n'avaient entre eux qu'une mince bande de plage, quand les soldats jaillirent.

Janus l'édile et son fils aîné Lucius marchaient à leur tête.

Télémaque fut encerclé.

Cornélia cria, et ce cri se perdit parmi les piaillements des mouettes et les rires des matelots qui, indifférents, continuaient à charger leurs vivres. La jeune fille se jeta sur Janus et cet homme insensible la repoussa avec froideur.

— Rentre chez ton père, Cornélia ! ordonna-t-il. Je te le conseille !

— Jamais ! Si vous lui faites du mal, il faudra me tuer aussi !

Un sourire de mépris étira la bouche mince de l'homme et il fit un signe. Les soldats alors entourèrent plus étroitement Télémaque et l'un d'eux lui arracha sa lyre, que le reste de la troupe piétina en riant.

Horrifiée, Cornélia regardait fixement Lucius.

— Mon frère Marcus, sur ma demande, vous a épiés près du temple, expliqua le jeune homme jouissant de son désespoir. Il a su vos projets... et nous en a fait part !

Télémaque se débattait. Tout alla très vite. Le glaive de Lucius, cet adolescent à qui son père l'avait promise, brilla au-dessus des têtes, et il se teinta d'abord du sang du soleil agonisant, puis il s'abaissa, reparut, rouge cette fois de sang humain, celui de Télémaque, qui s'écroula sur le sable.

Les soldats s'écartèrent et Cornélia s'approcha. L'esclave était étendu sur le côté, son manteau avait glissé, et la jeune fille vit sur son dos nu une fleur monstrueuse et vermeille. Elle se pencha sur lui. Il n'était pas mort, encore.

Il me regardait, et il souriait, docteur Fanet, oh, comme il souriait, et mes larmes une à une tombaient sur ce sourire.

— Cornélia... Ne t'afflige pas. Ils se trompent s'ils croient nous séparer.

Télémaque leva son regard vers le ciel. Il semblait soudain très loin d'elle. Sur ses lèvres pâles où moussait du sang, son sourire était devenu mystérieux.

— Cornélia, écoute, amour ! *Je sais !* Une autre vie... oui... Nous nous retrouverons. D'abord, en ces lieux, dans cette cité qui peut-être ne sera plus ce qu'elle est aujourd'hui. Je t'aime. N'oublie pas... notre prochain rendez-vous !

Puis il mourut. Avec son sourire étrange. Et un visage transfiguré par la joie.

Docteur Fanet, peut-être aimeriez-vous que je vous apprenne ce qu'est devenue Cornélia, après la mort de Télémaque ? Eh bien je l'ignore, n'ayant pas eu de cinquième «retour en arrière». Je présume qu'elle a passé le reste de sa vie à attendre la mort.

Ce que je fais, docteur Fanet.

- XVII -

Holà ! Se lamentait comiquement l'aubergiste. Pourquoi vous ne mangez pas ? Vous n'aimez pas ?

Le bruit des flots s'était évanoui. Jane avait le cœur déchiré et des larmes plein la gorge. La flamme de la bougie papillotait sous le souffle du patron tout chagrin. Michel était là, bien vivant ! Il regardait toujours la flamme.

— Michel...

Il tressaillit.

— Les soirées sont fraîches, dit l'aubergiste ne sachant comment leur complaire. Le chauffage central ne suffit peut-être pas. Je vais faire porter un radiateur électrique dans votre chambre.

Ainsi, ils étaient revenus au présent, après un vertigineux voyage dans le temps ! Leur brave homme d'aubergiste ne s'était donc aperçu de rien ? Jane se souvenait combien Michel, la première fois, était impressionnant à regarder, à son «réveil». Elle jeta furtivement un coup d'œil à sa montre, mais cela ne servait à rien puisqu'elle ignorait l'heure à laquelle ils étaient «partis» ! Cependant les moules étaient chaudes encore, et il était facile de comprendre que leur retour en arrière n'avait pas duré plus de quelques secondes.

— Ces moules ont l'air succulentes ! prononça Michel lentement.

Et enfin satisfait par cette appréciation, le patron laissa les jeunes gens. Jane regarda timidement Michel. Elle s'attendait à lui découvrir un visage douloureux, marqué par la terrible épreuve subie dans leur vie antérieure ; en fait, jamais elle ne l'avait vu si détendu, si confiant.

— Michel, tu n'as donc pas eu peur ?

— Non. Mon amour, cela t'a impressionnée, toi ?

— Un peu. Qu'as-tu... qu'a ressenti Télémaque... quand il est mort ?

— J'ai oublié, avoua Michel navré. Mais je suis persuadé qu'il... que ce n'était pas triste !

— Michel ? Si ce rêve était prémonitoire ?

— Jane, ma petite chérie, ce ne sont pas des rêves, c'est bien plus que cela.

— Tu as constaté : cette fois ça n'a sûrement pas duré trois secondes !

— Preuve que le temps rétrécit sa marge.

— Sa marge ? Que veux-tu dire ?

— Oh, je ne sais trop, Jane, mais j'ai acquis une conviction, profonde, inébranlable...

Il serra la main de sa compagne. Les moules refroidissaient, figées dans leur sauce. Mais ils ne songeaient guère à s'alimenter.

— Dans cette première existence, notre amour n'a pu se réaliser. Nous n'avons jamais été l'un à l'autre.

— C'est vrai, Michel. Eh bien ?

— Eh bien, tu es venue au rendez-vous donné par Télémaque... au rendez-vous d'Ampurias, poussée par quel instinct, je l'ignore. Mais tu es venue et nous nous sommes reconnus, pour que s'accomplisse enfin notre destin, pour que notre amour aboutisse !

Sa certitude gagnait Jane, et elle se sentait allégée du poids de son angoisse. La douleur infligée par la fin tragique de Télémaque s'estompait.

La récompense arrivait pour le couple détruit dans sa première et si tendre existence.

Pour eux.

— Oh, vous n'avez rien mangé ! Ce n'était pas à votre goût ?

Il se désolait, le patron, revenu avec une paëlla pantagruélique, où se mêlaient riz blond et pois verts, calmars et crustacés aux antennes agressives. Il enleva leurs assiettes et reprit son sourire quand Michel lui eut expliqué que sa cuisine n'était pas en cause et que seule l'émotion de leurs retrouvailles leur coupait l'appétit -ce n'était d'ailleurs pas tout à fait un mensonge-!

En leur servant une copieuse ration de paëlla, l'aubergiste leur assura : lui, quand il était amoureux, il était toujours affamé ! Et jetant un regard sur son abdomen bedonnant, Jane voulait bien croire qu'amoureux, il l'avait été, et souvent !

— *Por favor*, goûtez ceci. Ça ne sort pas d'une boite de conserve, et les crevettes étaient vivantes il y a dix minutes à peine !

Qu'elle était délicieuse, cette paëlla, accompagnée d'un vin aux reflets d'or, étourdissant ! L'appétit était revenu aux jeunes gens et il était tard lorsqu'ils quittèrent la salle à manger et l'aubergiste, satisfait d'eux, enfin. Il leur souhaita une *buena noche* et Jane et Michel, en se tenant amoureusement par la main, gagnèrent l'étage.

Leur chambre était ravissante. Un radiateur d'appoint avait été branché et il y régnait une douce tiédeur : c'était l'été encore ! Le papier peint doré avait emprisonné les aubes et les midis, le plancher de sapin sentait bon la cire, le miel et la résine. Quant au lit sans style défini, avec ses montants de bois brut, et d'une largeur inusité, il était peu banal. Sa hauteur était telle qu'on ne pouvait y accéder qu'à l'aide d'un marchepied placé dans la ruelle. Ce monument conçu à la fois pour le sommeil et les ébats amoureux dégageait lui aussi de fraîches odeurs : aiguilles de pins, lavande et réséda. Si bien qu'en s'allongeant là-dessus, se dit Jane, on devait s'imaginer couché dans une clairière parfumée, perdue au milieu des bois.

Elle se déchaussa et ses pieds nus s'enfoncèrent agréablement dans un tapis de haute laine. Elle s'approcha de la table de chevet où leur hôte attentif avait posé, dans un pichet, un énorme bouquet de mimosas.

Dans la grande glace de l'armoire, en face, se reflétaient les appliques murales, éclairées.

Jane respira les grappes duveteuses du mimosa. D'où venaient ces branches, si hâtivement fleuries ? Michel la regardait, les yeux brillants.

— Ça te plaît, mon amour ?

— Oh oui, Michel ! J'ai l'impression de rêver.

— Non, pas cette fois, ma chérie, tu ne rêves pas, il n'y aura pas de retour en arrière, nous vivons le présent. Notre présent.

Sans la quitter des yeux il enleva sa veste et sa chemise blanche, qu'il jeta au pied du lit, près de sa précieuse cithare que l'aubergiste y avait déposé respectueusement.

Jane était ravie que Michel l'ait apportée. La harpe, la grande harpe majestueuse était réservée à son public. La cithare était pour elle seule !

Michel la prit par la taille et l'amena devant l'armoire. Et l'eau brillante de la glace leur renvoya l'image d'un homme jeune, au beau et pur visage auréolé de boucles brunes, et celle d'une jeune femme émouvante, belle aussi, belle enfin, avec sa lourde chevelure cuivrée, à l'éclat avivé par la lueur des lampes, et qui, libre, retombait en cascade soyeuse sur ses épaules.

Ils avaient dans les yeux, tous les deux, la même expression d'ivresse.

Ce couple qu'ils regardaient, c'étaient Jane et Michel, c'étaient aussi Télémaque et Cornélia, revenus à la surface du temps, et qui allaient enfin vivre pleinement leur amour en s'appartenant corps et âme.

Éperdus de désir, Jane et Michel étaient pourtant sans impatience. La nuit, la vie, le temps ne leur appartenaient-ils pas, désormais ? Michel entraîna sa compagne vers la fenêtre, il écarta les charmants rideaux de cotonnade, et ils sondèrent l'étendue noire où s'étaient multipliées les étoiles, celles fixées aux bateaux de pêche, et celles soudées aux cieux, au ras des flots.

— Michel, s'il allait se passer quelque chose, dit Jane, soudain inquiète.

— Mais non, mon cœur. C'est fini ; Cornélia et Télémaque se sont retrouvés. Nous n'aurons plus jamais de «retours en arrière», déclara Michel gravement. Je le sais. Ni à Ampurias, ni ailleurs ! Nous allons pouvoir être heureux.

Avec douceur il commença à la dévêtir et quand elle fut nue, il la contempla avec adoration. Puis il lui tendit une longue chemise brodée comme en portaient les filles de son île et il l'aida à la passer.

— Tu es belle, ma Jane !

Il prit sa cithare. Les amoureux s'assirent sur le tapis de haute laine. Il faisait vraiment bon dans la chambre, remplie de tous ces parfums montant du sol, tombant du lit. L'été, toujours, l'été au cœur de l'hiver...

Michel joua quelques mesures.

— As-tu trouvé *ton* air, Michel ?

— Non, mais j'y arriverai ! Je suis en train de le cerner.

Et il joua de nouveau. C'était étrange. C'était comme le vent quand il passe dans les feuilles des saules, et comme le vent aussi, en plus sauvage, quand il chamboule les pins et en précipite au sol les fruits durs.

— Je t'aime, Michel.

— Je t'aime, Jane.

Il joua encore un peu. Puis :

— Jamais nous ne nous quitterons, Jane ! Jamais !

Et il reprit la cithare, encore une fois. Sa musique se fit plus insistante, enveloppante.

Docteur Fanet, elle m'appelait, sa musique, et en même temps qu'elle charmait mon esprit elle sollicitait mes sens. Je savais qu'une fois la dernière des notes égrenée, la cithare glisserait sur le tapis et s'y endormirait. Michel m'enlèverait dans ses bras, gravirait les trois amusantes marches grimpant vers le lit et me coucherait dans les draps aux parfums d'arbres et de fleurs...

Jane renversa la tête contre les jambes de Michel. Elle sentait les muscles de son ami durcir à mesure que le rythme devenait plus rapide, impérieux. Cet air mystérieux touchait chaque nerf de son corps jusqu'alors endormi, et que Michel réveillait à sa façon, avec ce prélude en musique.

Son corps endormi, depuis tant de siècles...

- XVIII -

— Michel !

La voix de la femme avait retenti, forte et rauque. La porte, repoussée brutalement, la porte que les amoureux n'avaient pas même songé à fermer à clé, avait claqué.

Une furie à fourrure et cheveux rouges fit irruption dans la chambre ; dans leur été, comme un orage.

Jane se releva d'un bond. Michel l'imita et l'entoura de ses bras, comme pour la protéger.

— Maud ! Toi ! Ici ! Mais comment est-ce possible ?

La rousse haussa les épaules. Elle regardait Jane, vêtue de sa chemise d'épousée de l'île aux narcisses. Elle la regardait avec une expression de haine et de désespoir qui terrifiait Jane plus qu'elle ne lui inspirait de pitié. Puis brusquement Maud se tourna vers Michel. Son regard erra sur le torse nu et mat du jeune homme, qui brillait, doré, dans la lumière sourde des appliques murales.

Médiathèque Municipale GRANVILLE

— J'ai pris l'avion, après toi, Michel. J'étais sûre que tu reviendrais dans cette cité maudite, hantée, qui t'attire depuis des années ! Je t'ai cherché, dans les hôtels des villages alentour. En vain. Je ne supposais pas que tu puisses te cacher dans cette petite auberge d'ailleurs fermée tout l'hiver.

Sa voix avait pris un débit rapide. La souffrance la ravageait, mais aussi la fureur. Cependant Jane perçut dans le regard de Maud comme une lueur d'espoir. L'espoir de convaincre, même quand tout paraît perdu.

— Comment as-tu appris où je me trouvais ? gronda Michel.

— J'ai eu l'idée de me renseigner dans cette modeste *fonda* au *pueblo* où ta petite chérie avait pris pension en septembre. C'est alors que j'ai vu débarquer ses parents ! Je les ai interrogés et la mère n'a pas fait de difficulté pour me répondre, au contraire. Elle m'a révélé avec empressement que vous vous étiez réfugiés à l'auberge des Pins.

Il faut que je vous explique, docteur Fanet... J'étais arrivée au train du matin.

Mes parents prirent celui du soir. Cela n'avait pas traîné ! Mon père, si faible, si lâche, n'avait pu tenir tête à ma mère adoptive. Quand il lui avait appris mon départ, affolée, accablée, indignée, elle l'avait pressé de questions. Elle voulait savoir où j'avais filé avec le bellâtre grec. Et elle avait su le persuader de se lancer à ma poursuite, dans le but de me raisonner, de m'empêcher de commettre une bêtise irrémédiable, en l'occurrence un mariage précipité avec cet homme selon elle perdu, damné, puisque entretenu depuis son adolescence par une maîtresse plus âgée que lui, et riche, oubliant que depuis des années, Michel gagnait tout seul et plus que largement son existence, avec les concerts qu'il donnait.

Et, tombant sur Maud éplorée, de bonne foi, cette pauvre femme bornée qu'était ma mère adoptive, limitée à son stérile amour pour moi, avait aussitôt révélé à l'Américaine où nous nous cachions.

Ma mère supposait que Maud, en nous retrouvant, en le reprenant (elle n'en doutait pas) lui faciliterait les choses : de la sorte je n'aurais plus qu'à me jeter dans les bras grands ouverts de mes parents et soi-disant bienfaiteurs, qui sécheraient mes larmes, me ramèneraient au bercail et m'accorderaient, l'été suivant, un voyage de consolation en Grèce, pourquoi pas, puisque j'aimais tant les ruines !

Je sais tout cela, docteur Fanet, parce qu'après, ils me l'ont répété si souvent, se rejetant mutuellement leurs torts, bien conscients que tout était fini par leur faute...

Maud avança d'un pas. Michel serra Jane plus fort.

— Va-t'en, Maud ! Sois raisonnable.

— Michel, Michel ! Oh non ! Je ne te laisserai pas avec cette fille !

Ses cris rauques et déchirants rappelaient ceux que jettent les grandes mouettes lorsqu'elles se ruent sur le poisson échappé des filets trop pleins, spectacle contemplé tant de fois dans les ports en septembre, avec Michel.

Jane frissonna.

— Michel, plaida l'Américaine, écoute-moi. Tu me dois tant. Tu me dois tout !

— J'ai fait virer plus d'argent qu'il ne t'en faut sur ton compte bancaire, dit Michel avec lassitude. J'ai agi honnêtement avec ton ami imprésario. Mon contrat avec lui se terminait. A l'avenir, je te l'ai d'ailleurs écrit dans ma lettre d'adieu, c'est un ami, un ami à moi, qui s'occupera de ma carrière.

— Michel ! (Maud fit un autre pas vers lui) Rappelle-toi. Tu étais en loques, pieds nus. Ils se battaient, dans ton île. Tu pleurais, tu avais du sang sur tes mains, tes mains d'enfant. Tu n'avais pas seize ans, Michel. Ton père était mort le matin. Je t'ai revu, un peu plus tard, tu avais dans la main droite une arme et tu ne savais pas qui te l'avait donné et dans la gauche, une cithare. Je t'ai recueilli, je t'ai arraché à l'enfer, j'ai mis la mer entre toi et la folie des hommes, je cite tes propres mots. Je me suis occupée de toi, je t'ai présenté à mes amis, je t'ai fait étudier. Et grâce à moi tu es devenu cet artiste aujourd'hui renommé !

— J'étais ton esclave, répliqua Michel sourdement. C'était pire que si tu m'avais passé une chaîne aux poignets. Amour ? Il n'y a jamais eu d'amour ! Oui, j'avais seize ans et mon père était mort le matin et j'avais du sang plein les mains, le sien, ou le sang de celui que j'ai frappé pour le défendre. Je ne sais plus. A l'enfant désespéré que j'étais, tu as fait du chantage, Maud : tu me sauvais de l'armée, mais en contrepartie, je devais t'obéir en tout, et t'aimer beaucoup, et plus encore. Je t'ai dit oui. J'étais si seul au milieu de la foule et du sang, et déjà, je sentais confusément qu'il me fallait quitter mon île quelque temps pour chercher *autre chose.* Je t'ai donné quinze années de ma vie. Ma jeunesse ! Maud, nous sommes quittes. Séparons-nous bons amis.

— Michel, Michel, c'est fini, vraiment fini ?

— Oui, répéta le musicien. C'est fini. Va-t'en, Maud. Je n'en peux plus. Ne me force pas à me montrer grossier. Va-t'en et laisse-moi en paix.

C'est alors que l'Américaine sortit cette arme, un bijou de revolver, si petit qu'il ne gonflait pas même la poche de son manteau de fourrure. Hallucinée, des larmes délayant son maquillage épais, elle pointa l'arme sur Jane.

— Elle d'abord ! souffla Maud.

Michel bondit pour lui arracher l'arme, se plaçant devant Jane.

Il est tombé, docteur Fanet. C'est tout juste si j'ai perçu la détonation mate.

Ce revolver ressemblait vraiment à un joujou. Un joujou qui donnait la mort.

Maud était la porteuse de mort. Comme Lucius autrefois. Les Parques avaient filé, mesuré et coupé le fil de la vie. C'était fini.

L'Américaine hurlait, sa ridicule petite arme à la main. Je me suis agenouillée devant Michel. Docteur Fanet, je me rappelle soudain un fait curieux : à l'instant où Michel s'est écroulé, l'une des cordes de la cithare s'est rompue et il y eut dans la chambre comme le bruit d'une seconde détonation, plus évidente...

La tête bouclée de Michel reposait sur le tapis de haute laine. Un peu plus haut que son nombril, se formait une étoile de sang, et Jane évoquait la grosse fleur écarlate, au dos de Télémaque.

L'aubergiste, alerté par les hurlements de Maud, se précipita et désarma Maud. Les larmes aux yeux il se pencha sur Michel. Puis, comprenant qu'il était trop tard, il alla téléphoner à la police. Par acquit de conscience il prévint aussi un médecin.

Ceci fait, il regagna la chambre, pour réconforter Jane. Il regarda l'Américaine, qui avait fini par se taire et qui était prostrée dans un coin de la pièce.

Jane s'était penchée sur Michel et chuchotait :

— Mon cher amour...

Contre toute attente, le moribond esquissa un sourire, un sourire joyeux -celui de Télémaque avant sa mort.

— Embrasse-moi, ma Jane !

Retenant ses sanglots elle appuya doucement sa bouche sur celle de Michel.

Dehors, certainement, la nuit de décembre était douce. C'était l'été, n'est-ce-pas ? Leur été ?

Michel tressaillit et il dit :

— Galla ! J'arrive !

- XIX -

— Galla ! J'arrive !

— Je t'attends. Viens vite !

La nuit écartait ses draperies noires. Le soleil déjà passait la tête au travers. Et c'était l'aube.

Nue, Jane se laissait rouler par la vague salée. Son esprit qui *savait* était clair et son bonheur parfait.

A présent, le ciel s'avérait d'une luminosité extraordinaire et la mer, du même bleu étincelant, d'une douceur de soie. Dans sa surface lisse s'ouvraient des brèches de clarté. Jane bloqua sa respiration et jeta sa tête sous l'onde. Quelque trois mètres plus bas, sur un fond de sable d'or semé de rocailles roses, glissaient des poissons en guirlandes, qui semblaient eux aussi traversés par la lumière.

— Galla !

Il l'appelait. Elle se redressa et tordit ses cheveux mouillés.

— Écoute, mon aimée !

Le grand vaisseau amphibie, à l'ancrage, mouillait un peu plus loin dans la baie. Les moteurs avaient été coupés et une voilure hissée, afin qu'elle joue avec le vent. Et le vaisseau se balançait doucement. Énid, son bien-aimé, celui à qui elle appartenait corps et âme, se trouvait sur la rive, au milieu des narcisses blonds.

Il introduisit une sorte de carte magnétique dans un petit appareil, que j'appellerais pour vous, docteur Fanet, un magnétophone, comme vous n'en avez jamais vu et n'en verrez jamais ! Et tandis qu'il courait vers la mer, les premières notes s'élancèrent et retombèrent sur moi, m'atteignant au corps et au cœur.

C'était notre musique, celle que nous attendions, celle qu'il recherchait à travers les âges.

— Tu l'as trouvée enfin ! Tu l'as trouvée ! Oh, Énid, comme c'est beau !

— C'est pour toi, Galla. Rien que pour toi.

— Comment as-tu fait ?

— J'ai utilisé tout simplement le système du tétracorde, intervalles de quatre degrés, datant de l'antiquité grecque, et inventé par mes ancêtres. Cela m'est venu comme en un songe !

Dans l'eau qui s'animait soudain sous le souffle du vent si tiède, la jeune femme se mit à nager. Elle riait tandis qu'Énid la rejoignait. Son corps doré glissait entre les vaguelettes azurées. Il la saisit et le flot les hissa, agrippés l'un à l'autre au faîte d'une vague, et les replongea dans le creux, les souleva encore ; le flot les faisait danser au son de cette musique-là, cette musique d'Énid et de Galla, qui s'élevait de la rive enfouie sous les narcisses pour s'éparpiller sur la mer.

Énid approcha sa bouche de celle de Galla. Ses yeux bleus rayonnaient d'amour.

— Galla !

Une félicité inexprimable la pénétrait en même temps que la musique. Elle s'accrocha aux épaules ruisselantes d'Énid. Dans un soupir de joie, elle murmura son nom.

Jane eut un long frisson.

L'éblouissante lumière s'était dissipée.

Elle était de retour dans la chambre de l'auberge des Pins, près de Michel mourant, qui souriait toujours, d'une si étrange façon.

Cette fois, docteur Fanet, il n'y avait pas eu régression dans le temps mais projection...

— Amour, murmura Michel. J'ai compris ! J'ai tout compris ! Nous nous étions trompés, ce n'était pas dans cette vie que notre bonheur devait s'épanouir. Une autre vie encore... La dernière !

— Oui, Michel. Je sais.

— Appelle-moi Énid. C'est mon nom, et pour l'éternité. Et tu l'as toujours su ! Je n'ai pas peur. Je suis heureux : tu as vu, c'était beau, c'était mon île telle qu'elle sera un jour, et nous y étions ensemble. Nous y serons ensemble !

— Combien de temps, mon amour, combien ?

— Cent ans, vingt siècles ? Je ne sais pas. Mais quelle importance, puisque en attendant nous dormirons !

Je me suis allongée près de lui, l'entourant farouchement de mes bras. Des voix s'élevaient dans la chambre, des mains essayaient de me détacher de mon bien-aimé. Moi, j'écoutais ces quelques mots qui montaient encore à sa bouche, avec le sang de l'étoile, l'étoile devenue filante.

— Je pars le premier. Comme l'autre fois. Amour, tu m'attendras chez moi, dans l'île aux narcisses. Tu ne pourras pas te tromper ! Rendez-vous... rendez-vous là-bas, mon amour...

Quand ils ont réussi à m'arracher à lui, docteur Fanet, il ressemblait à ce Michel que j'avais regardé «endormi» encore, après le premier des retours en arrière, à ce Michel de marbre, inerte et glacé. Une différence cependant, son visage était joyeux, presque amusé, comme pour signifier : hommes, événements, vous pouvez vous acharner à séparer ce couple d'amoureux ! Ils se retrouveront quand même et nul n'y pourra rien !

— C'est fini, dit quelqu'un dans la chambre. Il est mort.

Fini ? Oh non. Son esprit s'était échappé vers les profondeurs sidérales pour attendre une autre réincarnation dans un corps chaque fois semblable. La dernière réincarnation.

Mes parents, prévenus, m'emmenèrent.

Ils le firent, pas tout à fait dans les conditions qu'ils avaient prévues.

Depuis, vous savez...

Vous connaissez la pauvre existence - pauvre ? de cette femme étiquetée Jane Marton. Le cerveau humain, docteur -vous vous plaisez souvent à le dire- est complexe, ses possibilités sont insoupçonnées, il recèle des mystères infinis. Passé. Présent. Futur. Éternité. Tout est dedans, docteur Fanet, mais très peu en sont conscients.

Nos vies successives ne sont pas un recommencement mais une continuation jusqu'à la perfection.

C'est tout au moins ma certitude, je ne cherche nullement à vous la faire partager.

De jour en jour je me sens plus faible, mon ami ; je sais que je n'en ai plus pour longtemps à attendre le sommeil, ce long sommeil que je ne puis moi-même provoquer malgré mon impatience : ce serait tricher et je ne le veux pas, de crainte de fausser les cartes que le destin nous a distribuées.

Docteur, vous penserez de ce récit ce que bon vous en semble ! Mais ne m'en parlez pas. Jamais. C'est pour vous aider que je l'ai écrit. Pas pour m'aider.

Et ne me plaignez pas. Je suis heureuse.
J'attends.

EPILOGUE

L'air était doux, c'était toujours l'été, et le docteur Fanet avant de prendre son service traversait sans se hâter, selon son habitude, le parc de la Maison de Santé.

Il avait lu d'une traite le contenu du cahier de Jane. Sa première réaction avait été de bondir sur son téléphone pour appeler un confrère et ami, américain, spécialiste de neuropsychologie et qui s'intéressait de très près aux phénomènes parapsychiques.

Mais, en soupirant, il avait reposé aussitôt son appareil.

«Docteur, je désire que ces lignes ne soient lues que par vous seul.»

Elle avait dit cela, Jane.

Elle avait écrit aussi : «*Vous penserez de ce récit ce que bon vous en semble*»...

Aujourd'hui, il avait choisi de n'en rien penser.

Le soleil montait dans un ciel bleu panaché de blanc mousseux. Le médecin avançait dans l'allée, étêtant quelquefois une graminée folle qui osait se mêler aux fleurs des massifs.

Suivi par le parfum des roses somptueuses, il pénétra dans l'établissement.

A l'automne, décida le docteur Fanet, il demanderait au jardiner de confier à la terre des bulbes de narcisses, afin qu'ils fleurissent au printemps.

Ça plairait sûrement à Jane.

Une fois sa blouse enfilée, François Fanet alla droit à la chambre de sa patiente préférée. Elle était assise devant la fenêtre ouverte dont il avait fait enlever les barreaux qui la rendaient infranchissable. Il en avait pris le risque. Il savait à présent qu'il avait eu raison ; elle ne tenterait jamais de se supprimer. Mais la mort viendrait bien assez vite...

Il voyait le profil fin de la femme, couronné par sa belle chevelure argentée. Jamais elle n'avait été aussi belle, aussi sereine.

Il s'approcha, lui souriant gentiment, prenant malgré lui un air complice.

— Jane...

Elle ne répondit pas, elle ne lui rendit pas

son sourire. Elle contemplait l'écume des nuages, dans le ciel qui ce jour-là, ressemblait beaucoup à la mer.

Elle chantonnait sa mélopée curieuse. L'air d'Énid.

IMPRESSION, BROCHAGE
IMPRIMERIE CHIRAT
42540 ST-JUST-LA-PENDUE
JANVIER 2000
DÉPÔT LÉGAL 2000 N° 8643

IMPRIMÉ EN FRANCE